차원통제사

차원 통제사

1판 1쇄 찍음 2018년 2월 7일
1판 1쇄 펴냄 2018년 2월 19일

지은이 | 미르영
펴낸이 | 정 필
펴낸곳 | 도서출판 **뿔미디어**

편집장 | 김대식
기획 · 편집 | 김유미

출판등록 | 2002년 9월 11일 (제1081-1-132호)
주소 | 경기도 부천시 원미구 소향로 17번길(두성프라자) 303호 (우) 14544
전화 | 032)651-6513 / 팩스 032)651-6094
E-mail | bbulmedia@hanmail.net
비북스 | http://www.b-books.co.kr

값 8,000원

ISBN 979-11-315-8807-9 04810
ISBN 979-11-315-8457-6 04810 (세트)

차원통제사

미르영 현대 판타지 장편 소설

해결사

BBULMEDIA FANTASY STORY

4

CONTENTS

제 1 장

진성 능력자들은 대부분 차원 교류 쪽에서 종사를 한다.

　국가로부터 받는 대우가 만만치 않은 것도 그렇고, 엄청난 보수가 지급되기 때문이다.

　하지만 그것은 표면적인 이유일 뿐이고, 실제로는 조금 다르다.

　차원 교류를 선호하는 것은 새로운 차원을 모험할 수 있다는 것과 동시에 자신의 능력을 키울 수 있는 기회를 얻을 수 있기 때문이다.

　반면, 유물을 통해 능력을 얻은 자들은 자신의 능력을 활용해 부를 축적하거나, 자신만의 세력을 구축하고 힘을 키워 왕처럼 살고 싶어 한다.

성물이라 불리는 유물을 통해 각성한 종교인들을 제외하고는 대부분 이런 성향을 가졌다.

특별한 능력을 가진 채 자신만을 위한 삶을 사는 자들이라서 위험할 것 같지만 그렇지는 않다.

유물능력들에게는 제약이 따르는데, 국가기관의 통제를 일정 부분 받아들여야 한다는 것이다.

그렇다고 유물 능력자들 대부분이 그런 것은 아니다.

돈이나 권력에 얽매이지 않고 활동하는 자들이 있는데, 이들이 선택하는 업종이 바로 해결사다.

해결사는 일종의 프리랜서로서, 자신의 능력을 이용해 문제를 해결하면서 세상을 자유롭게 사는 것을 추구하는 자들이다.

다른 능력자들에 비할 것은 못 되지만 일반적인 사람들에 비해 아주 많은 금전적 이익을 챙길 수 있고, 국가기관의 통제도 다른 유물 능력자들보다 느슨한 편이라 해결사를 하려는 이들은 생각보다 많았다.

해결사들은 대부분 D급이나, C급의 능력자들이다.

B급이 간혹 있기는 하지만 A급은 거의 찾아볼 수 없다.

A급인 경우 해결사보다는 프리랜서로서 정부의 일을 하는 경우가 많기 때문이다.

'A급인 것을 보니 저들 모두 시크릿 에이전트인가 보군. 그

러니까 천화도 탐을 냈겠지.'

천화가 제압한 A급 능력자들은 그야말로 특별한 경우라고 할 수 있다.

A급이라면 비밀에 속하는 일들을 해결하는 자들로 업계에서는 가히 탑이라고 할 수 있는 자들이니 천화로서는 욕심이 났을 것이다.

천화가 대한민국에 정착하기 위해서는 자신만의 힘을 구축하는 것이 필요했을 테니, 내가 생각을 해봐도 아주 좋은 선택이다.

A급 유물 능력자들이 소속되어 있는 정보 조직이라면 최고라고 할 수 있으니 말이야.

'그나저나 A급에 달하는 자들을 다섯이나 동원해 스승님을 납치하라고 한 의뢰주가 누구인지 정말 궁금하군.'

유물을 통해 각성한 능력자지만 활동한 적이 없으신 탓에 스승님은 세상에 알려지지 않은 분이다.

그럼에도 누군가 스승님을 납치하려 한 것을 보면 이유가 있을 것이고, 아무리 생각을 해봐도 그럴 만한 이유는 하나뿐이다.

누군가가 스승님께서 가지고 계신 유물을 탐내고 있는 것이다.

'스승님의 유물을 노리고 있다는 것은 그 정체가 무엇인지도

알고 있다는 건데……'

스승님이 가지고 계신 유물은 아주 특별하다.

다른 유물 능력자들과는 달리, 몸속에 있어서 그것이 유물이라는 것을 알 수 없을 뿐만 아니라 발견하기도 쉽지가 않다.

더군다나 세상에 선보인 적이 없는 것인데 누군가 알고 있다는 것은 무척이나 의외의 일이다.

'으음, 스승님을 제외하고 유물에 대해서 알고 있는 사람은 형과 나, 그리고 오래전에 사라졌다는 사숙뿐이다. 거기서 형과 나를 제외하면 이런 일을 꾸밀 사람은 사숙이라는 자 하나뿐인데. 그렇지만……'

대변혁이 일어나고 얼마 후에 스승님께서는 암자 근처에서 유물을 발견했다.

불가에서 항마의 도구로 사용하는 금강저 두 개와 용도를 알 수 없는 묵색의 구슬이 바로 그것이었다.

'스승님 말씀으로는 금강저의 힘은 S급 능력을 얻을 수 있는 귀물이었다고 했지. 사숙이라는 자가 유물을 발견한 그날 밤에 금강저를 훔쳐 달아났고, 그날 이후부터 스승님은 사제란 자의 소식을 들을 수 없다고 들었는데, 하지만 어떻게……'

사숙이라는 자는 스승님이 가지신 유물의 비밀에 대해서 알지 못한다.

스승님께서도 한참이나 지난 후에야 그것이 유물이라는 것을 아셨으니 말이다.

아끼던 사제가 유물을 훔쳐 달아난 후, 슬픔에 잠겨 있던 스승님께서는 너무 상심한 나머지 마물이라며 구슬을 부수려 했다.

'땅에 던져도 깨지지 않고, 흠집조차 나지 않아서 스승님께서는 평생 연마한 불가의 기공으로 불기를 끌어 올려 부수려 했고, 그 일로 인해 그것이 능력을 주는 유물이라는 것을 아시게 되었지.'

불기를 주입하자 검은색 구슬이 갑자기 사라져 버린 탓에 스승님은 무척이나 놀랐다고 한다.

검은색 구슬이 사라진 곳은 바로 스승님의 몸속이었기 때문이다.

변화는 그것만으로 끝나지 않았다.

몸속으로 들어간 검은색 구슬이 무슨 일인지 두 개로 늘어나 있던 것이다.

검은색의 구슬은 보통 유물이 아니었다.

하나로 보이지만 검은색 구슬은 하나가 아니었던 것이다.

검은색 구슬이 그렇게 몸속에 자리를 잡은 후에 수련을 하면 성과가 나타났다고 한다.

그저 이론으로만 알려진 불가의 비기들을 수련해 시전할 수 있게 되고, 그렇게 경지가 깊어지고, 불기가 늘어날수록 구슬의 수도 늘어난 것이다.

수가 늘어나 서른여섯 개가 되자 스승님은 유물의 의지로부터 시험을 받게 되었다. 의식을 잠식하려 하는 유물의 의지를 억눌러야 했기에 생명이 단축되기 시작했다.

스승님께서도 그렇게 검은색 구슬이 유물이라는 것을 아셨는데 사숙이라는 자가 알 리가 없을 것이기에 의문이 들었다.

'A급 능력자라도 스승님의 결계를 알아차리지는 못한다. 금강저를 통해 S급 능력을 얻은 것 같구나.'

스승님의 능력을 볼 때 금강저를 통해 각성한 능력은 아마도 S급이 분명할 것이다.

사숙이라는 자는 그 때문에 스승님이 가지고 계신 검은색의 구슬에 관심을 가지게 됐을 것이다.

같이 발견 되었으니 검은 구슬이 S급 유물임을 알았을 테니 말이다.

유물을 얻기 위해 스승님을 암암리에 지켜봤을 테고, 스승님이 치신 결계로 인해 함부로 움직일 수는 없다는 것을 깨달았을 것이다.

'암자 근처에 쳐진 결계를 확인했다면 강력한 유물이라는 것을 확신했을 테지.'

S급 능력을 얻을 수 있는 자신의 유물과 함께 있던 것을 감안해 최소한 S급 유물이라고 생각했을 것이 틀림없다.

스승님의 결계는 S급 능력자도 꽤나 큰 타격을 입어야만 진입할 수 있는 것이니 말이다.

결계를 지켜보다가 스승님께서 기력이 쇠하고, 결계가 느슨해지자 움직인 것이 틀림없는 것 같다.

'후후후, 스승님이 얻으신 검은 구슬이 유물이라는 것은 알기는 하겠지만, 아마도 사숙이라는 자는 유물이 어떤 상태인지 정확하게 모를 것이다. 스승님의 능력으로 미루어 볼 때 같이 있던 금강저가 가진 능력도 무시할 수 없을 것이다. 그렇다면 준비를 조금 더 해둬야겠군.'

보수해 놓은 결계만으로는 부족할 수 있다는 생각이 들었기에 더욱 강력한 결계를 구축하기로 했다.

— 스페이스.

— 예, 마스터.

— 암자 주변에 처진 결계를 해제할 수 있는 능력자나 천화와 같은 능력을 가진 자들을 완벽하게 막을 수 있는 방법은 없을까?

— 마도학을 활용한 마법진이라면 열 배 정도 강력한 결계를 형성할 수 있습니다.

— 기존 결계를 살려둔 채로도 가능해?

— 충분히 가능합니다. 그리고 연계해 결계를 형성한다면 더 강력해질 수 있습니다.

— 알았어. 그럼 곧바로 만들도록 하자. 재료가 부족한 일은 없겠지?

— 지금 있는 것만으로도 충분합니다.

결계는 이것으로 됐고, 의뢰자를 추적할 준비를 해야 할 것 같다.

천화가 수하로 부리기로 한 것 같으니 저들을 이용하면 될 것 같다.

— 스페이스, 저들을 치료하려면 얼마나 걸리지?

— 최상급 마나석을 이용하면 완전히 회복하는 데 한 시간이면 충분합니다.

— 그럼 저들도 치료하도록 하자. 꽤나 쓸 만한 이들 같으니 말이야. 특히나 저 김중호라는 자는 잘하면 S급에 다다를 수 있을 것 같기도 하고.

— 유물의 의지를 제압해 자신의 것으로 만들기는 했지만, 아직 한계까지 능력을 활성화한 것은 아니니 충분할 것 같습니다. 제가 약간의 도움을 준다면 마스터께서 예상하신 대로 S급 능력자로 거듭날 수 있을 겁니다.

— 그래, 대신 제약은 확실히 걸어야겠지. 천화에게 존재를 걸고 맹세를 한다고 해도 말이야.

— 무슨 말씀인지 알겠습니다.

대변혁 이후 특별한 힘을 얻은 유물들이 생겨났다.

유물을 의지를 이용해 능력을 쓸 수 있게 된 자들을 유물 능력자라 부른다.

2차 각성을 통해 스스로의 능력을 각성한 이들을 진성 능력자로 부르는 반면, 유물의 힘으로 능력을 얻은 이들을 유물 능력자라고 부르는 것에는 이유가 있다.

진성 능력자가 능력을 쓰는 데는 무리가 없고, 지속적으로 성장을 할 수 있지만 유물의 힘을 쓰는 자는 다르다.

유물의 의지에 잠식당해 광인으로 변해 폭주하다가 소멸을 맞이하게 되는 것이 일반적이다.

그리고 의지를 제압해 흡수한다고 해도 유물의 의지가 가지는 한계까지만 능력을 사용할 수 있다.

다섯 명 중에 김중호라는 자가 가진 유물의 한계는 S급 중간 정도다.

다섯 명 다 A급이면서 그중에 한 명은 S급이 될 가능성이 높으니 쓸모가 많을 것 같다.

특히나 스승님을 납치하려는 의뢰를 받은 당사자이니 의뢰주를 추적하는 데 적합하고 말이다.

'일단 저들을 이용하자.'

결정을 하고 김중호 일행을 치료하기 위해 지하실로 내려갔다.

"내려왔어."

"풀어준 것을 보니 복속시킨 모양이군."

"역시, 알고 있었네. 그것도 능력이야?"

"나랑 직접 만난 사람에 한해서만 주변에서 무슨 일이 벌어지는지 확인할 수 있어."

"그럼 괜히 나가라고 했잖아."

"내가 여기에 계속 남아 있었다면 그렇게 쉽게 굴복하지 않았을 텐데?"

"그렇기는 하지. 네가 남아 있었다면 영향을 받았을 테니까. 그나저나 왜 내려 온 거야?"

천화는 내가 내려온 이유가 궁금한 것 같다.

"치료도 하고, 제약을 좀 걸어두려고."

"존재를 걸고 나에게 복속된다고 맹세를 했는데도 또 제약을 걸어야 하는 거야?"

천화는 내가 추가로 제약을 건다는 것이 뜻밖이었나 보다.

"저들이 유물을 통해 각성한 능력자라서 말이야. 유물의 의지를 제압했다고는 하지만 폭주가 언제 일어날지 모르니 대비를 해두는 것이 좋아."

"무슨 말인지 알지만, 제약을 거는 것이 좋을 것 같지는 않은데……."

"내가 가하는 제약이 그리 나쁜 것은 아니야. 너에게 더욱 강력하게 종속이 될 테니까 말이야. 그리고 혹시나 모를 폭주도 막을 수 있고. 내가 제약을 걸려는 진짜 이유도 후자 때문이다."

"뭐? 제약을 걸어 폭주를 막는다고?"

유물의 의지에 잠식당한 존재의 폭주를 막을 수 있는 방법이 없다는 것이 정설이라 믿어지지 않는 모양이다.

"암자에 결계를 치신 분이 내 스승님이야. 유물의 의지에 완전히 장악당하고도 벌써 십여 년을 버티셨지. 저들이 가진 유물 정도라면 제어할 수 있는 방법은 이미 예전에 찾아내셨어."

"믿어지지 않지만 그렇다면 다행이네. 그렇지 않아도 그것 때문에 저들을 수하로 거두는 것이 조금 찜찜했는데 말이야. 가능하다니 그렇게 하도록 해. 나는 상관이 없으니까."

반신반의하는 것 같지만 천화도 승낙을 했으니 이제 저들의 수락을 받을 차례다.

"유물의 힘을 가지고 있으니 내가 무슨 말을 하는지 잘 알아들었을 것이다. 폭주를 하게 되면 하나뿐인 생을 송두리째 잃게 되니 나에게 제약을 받는 것이 좋을 것이다."

내 말에 다들 믿어지지 않는 표정이다.

"그, 그게 가능한 일이오?"

"어차피 선택의 여지가 없을 텐데?"

"후우, 알았소. 그게 사실이라면 받도록 하겠소."

숙명처럼 다가오는 폭주는 유물 능력자들에게 그야말로 공포의 대상이다.

능력을 사용하는 순간부터 유물의 의지와 영혼으로 엮여져 버린 탓에 절대 벗어날 수가 없기 때문이다.

유물 능력자가 해결사를 하거나 자유로운 직업에 종사하는 이유도 그 때문이다.

유물의 의지를 완전히 제압을 했다고 해도 나이가 들어 기력이 쇠약해지거나 정신적으로 문제가 생기면 폭주하기에 삶을 즐기려는 경향이 강한 것이다.

그런 탓에 언제 다가올지 모르는 폭주를 막을 수만 있다면 그것이 어떤 방법이든지 시도해 보려는 것이 유물 각성자의 성향이다.

― 스페이스! 에고를 생성하고 제어하는 마법이라고 했는데 진짜 문제가 없는 거지?

― 그렇습니다. 유물의 특성을 분석한 결과 에고와 흡사하다는 것을 발견했습니다. 대부분의 유물들이 성물과 같은 신성력을 동반한 의지를 가지고 있기는 하지만 문제없이 완벽하게 제어할 수 있습니다. 더군다나 마스터의 의지를 일부나마 심어놓기 때문에 완벽하게 제어할 수 있을 겁니다.

― 좋아, 해보자.

스페이스에게 마지막 확인을 하고 난 뒤 나를 바라보고 있는 자들에게 시선을 돌렸다.

"가부좌를 틀고 앉아라. 이질적인 에너지 흐름이 느껴져도 절대 당황하지 않고 그대로 있기만 하면 된다."

나에게 맞아서 고통스러울 텐데도 내 말에 다들 가부좌를 틀고 앉았다.

'일단 치료부터 해야겠지.'

최상급 마나석을 이용하기에 앞서 아공간에서 포션을 꺼내 주었다.

마나석의 마나를 최대한 받아들일 수 있는 몸을 만들기 위해서다.

"마셔라. 포션이다. 상처가 가시면 본격적으로 시작을 할 것이다."

"알겠습니다."

자신들을 거의 단번에 제압을 한 탓인지 군말하지 않고 다들 포션을 마셨다.

어느 정도 상처가 회복된 것을 본 후 작업을 시작했다.

간단하기는 하지만 아주 특별한 방법이다.

바로 내 의지를 심어놓는 것이니 말이다.

더군다나 스페이스가 있어 마도학에서 파생된 정신 마법까지 걸어놓는 터. 성공한다면 이제 저들이 폭주할 염려는 없을 것이다.

팟!

다섯 명의 머리 위로 붉고 푸른 마법진이 떠올랐다.

마법을 혼자는 사용할 줄은 모르지만, 스페이스의 도움을 받아 의지를 일으키는 것쯤이야 간단한 것이기에 마법은 금방 발현이 되었다.

"우와!"

공간에 새기는 삼차원 마법진을 처음 봤는지 천화가 탄성을 지른다.

삼차원 마법진이 스캔하듯 앉아 있는 다섯 사람의 전신을 훑자 유독 빛나는 곳이 나타났다.

빛이 나는 곳은 다섯 사람의 손가락이었는데, 빛이 나는 위치가 제각각이었다.

유물은 그것을 얻은 자와 동화가 되면 보이지 않게 된다. 마법진의 영향으로 빛나는 모습을 보니 반지 형태가 분명했다.

마법진이 오르내리자 손가락에서 나오던 빛이 점차 수그러들며 사라져 갔고, 얼마 지나지 않아 반지가 모습을 드러냈다.

내 의지와 스페이스가 펼친 마법진으로 인해 제어가 되기 시작했기 때문이다.

팟!

제 임무를 다한 마법진이 꺼지듯 사라졌다.

― 마스터, 에고로 변화시키는데 최상급 마나석이 각각 100개씩 소모가 됐습니다.

— 엄청나군. 에고로 변화시켜 제어하는 것뿐인데, 그 정도나 소모되다니 말이야.

— 일반적인 에고라면 최상급 마나석 두어 개로도 충분합니다만, 반지에 서려 있는 의지는 조금이나마 신성을 가진 것이라서 그렇습니다.

— 진짜 성물이라도 되는 건가?

— 그렇습니다. 누군가의 숭배의 대상이 되던 반지들이 분명합니다.

— 이상은 없는 거겠지?

— 마스터의 의지가 깃들어 있는 한 폭주하거나 배신할 염려는 없을 겁니다. 이제 저들은 마스터의 의지로 인해 능력을 발휘하게 될 테니 말입니다.

— 다행이군. 그런데 몸 상태는 어때?

— 유물을 제어하는 와중에 모두 치료를 했습니다.

— 당장 움직일 수 있는 거지?

— 예, 마스터.

— 수고했어.

— 아닙니다.

유물의 의지를 제어하고 영혼의 얽힘을 풀어내는 것이라 거의 불가능한 일이었는데 완벽하게 돼서 기분이 좋다.

'천화에게도 나에게도 쓸모 있는 자들이 될 것 같으니 잘된

일이다.'

모두가 저들이 내 제의를 진심으로 수락했기에 가능한 일이 었다.

누군가에게 종속이 되기는 하지만 그만큼 폭주에서 벗어나고 싶은 열망이 강했을 것이다.

"너희들도 봐서 알겠지만, 폭주하거나 죽지 않으면 나타나지 않는 유물이 모습을 드러냈다. 너희들과 엮어진 위험 요소를 제거했다는 뜻이다. 이제 유물에 대한 걱정을 덜어도 될 거다."

"고, 고맙습니다."

"고맙습니다!!"

이제 폭주로부터 자유를 얻은 것이나 마찬가지라서 그런지 다들 감격한 표정이다.

"앞으로 천화의 밑에서 일하게 되겠지만 우선적으로 할 일이 있다."

"무슨 일입니까?"

"의뢰한 자를 추적하는 일이다."

"무슨 말씀인지 알겠습니다만, 저희에게 의뢰를 준 중개인도 의뢰주가 누구인지 모를 겁니다."

"그건 걱정할 것 없다. 의뢰는 성공했고, 너희들은 납치한 대상을 약속된 장소로 데려다 놓기만 하면 되는 것이니 말이다."

"용모파기를 준 자들이니 절대 속지 않을 겁니다."

용모를 변화시키는 매직 아이템이나 마법을 분간할 수 있는 자들이라는 뜻이었다.

"그건 내가 알아서 할 테니 걱정하지 마라. 너희들은 그저 의뢰대로 납치한 대상을 넘겨주기로 한 곳에 데리고 가면 그만이니까. 나머지는 내가 알아서 하겠다."

"알겠습니다."

저들은 조연일 뿐이다.

놈들을 잡기 위해 내가 직접 나설 것이니 말이다.

수명이 얼마 남지 않으신 스승님을 해코지하려 한 자를 나는 결코 용서할 생각이 없다.

― 스페이스, 얼굴을 스승님의 모습으로 바꿀 수 있어?

― 마법을 알고 있다고 해도 마도학에 따른 폴리모프라면 알아볼 자는 없을 겁니다.

― 변형 시켜줘.

스르르르.

스페이스의 도움을 받아 얼굴을 변형시켰다.

병색이 완연한 스승님의 모습으로 얼굴을 변형시키자 천화가 무척이나 놀라는 모습이다.

"와우! 대단하다. 전혀 이질적이지 않은데?"

천화가 감탄하며 나를 바라본다.

S급 진성 능력자인 천화도 알아보지 못한다면 성공할 가능성

이 높을 것이다.

"다른 준비도 해야 하니까 위로 올라가자. 너희들은 전투 슈트를 입고 따라와라."

"예."

위로 올라가 옷장에서 예전에 수련할 때 입던 승복을 찾았다.

"완전히 다른 사람이네."

"네가 그렇게 보았다면 알아볼 자는 없겠군."

"이질적인 것이 하나도 느껴지지 않으니 그럴 거야."

"이제 가자."

"너를 믿기는 하지만 무슨 일이 생길지 모르니 나도 멀리서 뒤따라갈게."

"그렇게 해."

때 마침 전투 슈트를 입은 김중호 일행이 올라왔다.

"이제 가지."

"그냥 가면 의심할 지도 모르니 지금부터 제가 업고 가겠습니다."

"그렇게 하도록."

스승님의 모습으로 변장을 한 터라 김중호의 제안대로 그의 등에 업혔다.

"그럼 가겠습니다."

약속 장소를 향해 출발을 했다.

만나기로 한 장소는 암자에서 그다지 멀지 않은 곳이었다.

인가는 없지만 차가 다닐 수 있는 도로 변두리가 만나기로 한 장소였다.

"여깁니다."

"한적하군. 이곳에서 픽업을 하려고 한 모양이군. 이제 어떻게 해야 하지."

"신호를 보내면 십 분 안에 이곳으로 실어갈 차량이 올 겁니다."

"그럼 신호를 보내도록."

김중호가 품에서 발신기 같은 것을 꺼내서 버튼을 눌렀다.

얼마간 기다리자 도로 저 멀리서 전조등 불빛이 보이는 것을 보니 차량이 오는 것 같았다.

"옵니다."

"들키지 않도록 잘해라. 나를 넘긴 후에는 아까 그곳으로 돌아가고."

"알겠습니다."

부우우웅!

끼익!

승합차가 다가오더니 멈추어 섰다.

드르르르.

사람은 내리지 않고 자동차의 옆문이 열렸다.

김중호는 기절한 척하는 나를 차 안에 있는 자에게 인계했다.

드르르륵!

탁!

부우우웅!

나를 인계받은 승합차가 곧바로 출발을 했다.

'많지 않군.'

차안에는 세 사람이 타고 있었다.

"대상을 픽업했습니다."

― 곧장 약속 장소로 와서 대상을 넘기도록.

연락을 하고 곧바로 전화를 끊는다.

'아직은 기다려야 하겠군.'

전화를 하고 지시를 받는 폼이 이자들도 의뢰를 받은 해결사가 분명하다.

한 놈이 약품 같은 것을 꺼내더니 손수건에 적셔 내 입을 막는다.

― 마취를 목적으로 하는 인체에 위해한 약품입니다. 곧바로 분해를 하겠습니다.

스페이스가 내 호흡을 타고 들어오는 마취제를 알아서 중화시켰다. 놈들은 내가 정상적으로 호흡을 하니 마취제가 잘 들어갔다고 생각할 것이다.

그렇게 30분을 가자 승합차가 고속도로로 들어섰다.

그런 후, 한 시간을 달려 속도를 줄이더니 한적한 휴게소로 들어갔다.

드르르르.

비슷한 모양의 승합차 옆에 주차를 하자 마주한 차문들이 동시에 열렸다.

두 놈이 익숙한 솜씨로 나를 다른 차로 옮겼다.

'여기서 옮겨 실을 모양이군. 단번에 옮기지 않는 것을 보면 꽤나 신중한 자다.'

여기서도 진짜 목적지로 가지 않을 것이 분명하다.

적어도 두어 번은 더 차를 갈아탈 확률이 높았다.

나 또한 그랬으니까.

역시나 얼마 지나지 않아 다른 휴게소로 가서 차를 바꿔 타야 했다.

그렇게 두 번을 더 한 후에 어느 한적한, 비어 있는 공장으로 차가 들어섰다.

차에 있던 자들은 나를 조심스럽게 들더니 텅 비어 있는 공장으로 들어가 의자 같은 것에 앉힌 후에 특별하게 만든 줄로 나를 묶었다.

나를 의자 묶어놓은 후 데리고 왔던 자들은 공장에서 사라졌다.

'에너지를 제어하는 구속 기능이 있는 줄이군. 소용없는 짓

이지만, 할 건 다 하는군.'

다른 형태로 능력을 구사하는 나에게는 소용없는 것이지만 만약을 생각해 스페이스를 불렀다.

― 스페이스, 에너지 구속 기능을 무력화시킬 수 있겠어?

― 당장 가능합니다.

― 그럼 언제든지 풀 수 있도록 준비만 해둬.

― 예, 마스터.

― 주변에 감시 장치가 있는지도 살펴봐.

― CCTV 두 대가 마스터를 촬영하고 있습니다.

안에 전혀 기척이 없지만, CCTV 때문에 정신을 잃은 모습으로 앉아 있었다.

30분이 지나도 사람의 모습은 보이지 않았다.

'으음, 조심성이 정말 많은 자로군. 지금쯤 나타날 때가 되었는데 아예 인기척이 없는 것을 보니 뭔가 잘못된 것이 분명하다.'

― *하하하! 대단하군. 자칫 역으로 함정을 팠다는 것을 알아보지 못할 뻔했어.*

좀 더 범위를 넓혀 확인하려는 찰나 방송이 흘러나왔다.

너무 순조롭다고 생각을 했는데 역시 내가 판 함정이라는 것을 알아차린 모양이다.

'하지만 혹시 모르니 기다려 보자.'

한번 떠보는 것일 수도 있기에 잠시 기다리기로 했다.

— 후후후, 아직도 내가 자네가 있는 곳으로 갈 것으로 보였나 보지?

'역시, 눈치를 챘군.'

— 스페이스, 구속 기능을 없애. 그리고 전파나 통신선을 잡아서 저 방송이 흘러나오는 곳도 찾아보도록 해.

— 예, 마스터.

우드득.

구속 기능이 풀린 밧줄을 풀고 자리에서 일어났다.

— 대단하군. 쉽게 그걸 풀어내다니 말이야. 그나저나 놀랍다. 사형과 완벽하게 같은 모습이라니 말이야. 사형이 거둔 제자 중에 너 같은 이가 있을 줄이야. 무척이나 놀랐다. 아주 훌륭해.

'역시나 사숙이라는 자였구나.'

내가 누구인지 짐작하고 있다는 것을 아는지 스스로 정체를 드러냈다.

"칭찬이라니 우습군."

— 이런, 이런! 예의가 없군. 명색이 사숙인데 말이야.

"스승님을 배반한 자가 그런 말을 하는가?"

— 신외지물이라며 유물을 그저 감추려 한 사형이다. 세상이 변했는데 말이야. 나는 그걸 세상에 드러냈을 뿐이지. 감춰두는 건 여러모로 낭비니까.

"헛소리!! 스승님의 상태를 보면 모르겠나? 유물의 힘이 자신을 좀 먹는다는 것을 말이다."

─ 그거야, 유물의 의지를 제압하지 못한 탓이고, 나를 탓할 일이 아니지.

"그렇게 말하는 것을 보니 당신은 유물의 의지를 완전히 제압한 모양이군."

─ 맞다.

"그렇다면 만족하고 지낼 것이지, 어째서 스승님을 납치하려 한 거냐?"

─ 사형이 가진 유물은 본래 내가 얻은 것과 쌍을 이루는 것이었다. 이제 사형에게는 쓸모가 다한 것 같으니 내가 좀 쓰려고 했지.

"스승님에게서 빼앗으려 했다는 건가?"

─ 워, 워! 빼앗다니. 그저 조금 있으면 주인을 잃을 유물의 짝을 찾아주려 한 것뿐인데, 그렇게 화를 내면 쓰나. 본래 유물들은 사형과 내가 함께 얻은 것이다. 지금까지 기다려 준 것만 해도 내가 할 도리는 다한 것 같은데 말이야.

"궤변이군. 나타나지 않을 거라면 더 이상의 대화는 무의미하니 가보겠다."

─ 첫 만남이 이래서 그렇지만 다음에 또 보도록 하지. 유물은 잘 보관하고 있도록, 사질.

퍼퍼퍽!

시숙이라는 자가 대화를 끝내는 것과 동시에 CCTV와 스피커가 터져 나갔다.

— 다른 감시 장치는 없나?

— 없습니다.

— 추적은 성공했나?

— 마도 네트워크가 아니라 사설 네트워크를 썼습니다. 더군다나 여러 나라를 경유해 들어온 회선이라 추적에 실패했습니다. 거의 근접을 했는데…….

— 내가 추적할 줄을 이미 알고 있던 모양이군.

— 정확한 발신지를 파악하는 것에는 실패했지만, 대략적인 위치는 찾아냈습니다, 마스터.

— 어디지?

— 최초 발신지는 서울입니다.

— 서울이라……. 찾기가 쉽지 않겠군. 하지만 지역을 좁힌 것만으로도 다행이다.

— 다음에 이런 일이 생긴다면 곧바로 추적할 수 있을 겁니다, 마스터.

— 이 정도로 몸을 사리는 자라면 같은 회선을 사용하는 일은 없을 테니까 추적하는 일은 놔둬. 대신 다른 회선으로 접촉을 해올 가능성이 있으니 대비는 해두고.

― 알겠습니다. 앞으로 이런 네트워크와 관련한 것들도 철저히 대비를 해두겠습니다.

조금 격하게 반응을 하는 것을 보니 스페이스가 자존심이 상했나 보다.

― 괜찮아. 미리 대비하고 있는 자에게는 소용이 없는 일이었으니까 말이야. 그것보다는 이 공장에 대해서 알아봐. 그냥 사용한 것이라면 몰라도 전상철, 그자와 접촉점이 있을 수도 있으니 말이야.

― 예, 마스터.

지선이라는 법명으로 불리다가 속세로 나갔으니 자신의 본명을 사용했을지도 모른다는 생각에 스페이스에게 추적을 부탁했다.

더 이상 볼일이 없기에 비워져 있는 공장을 나섰다.

밖으로 나오자마자 천화에게 텔레파시를 보냈다.

― 천화!

― 왜?

― 어디 있지?

― 멀지 않은 곳에 은신하고 있어.

― 놈이 알아차렸어.

― 실패한 거야?

― 그래. 어디서 감시하고 있을지 모르니까 모습을 변화시킨

후에 들키지 않게 암자로 돌아가. 나는 천천히 돌아갈 테니 말이야.

— 알았어.

S급 능력을 가진 두 사람을 농락할 정도의 조심성이 있는 자라면 찾아봐야 소용이 없다.

천화도 그걸 느낀 듯 조용히 암자로 돌아갔다.

암자에서 고작 100킬로미터 떨어진 곳이라 금방 도착할 수 있을 터였다.

'이제는 그자들을 살펴볼 차례인가?'

공장으로 오는 동안 나를 옮기던 자들은 전부 해결사다.

최소한 C급에다가 B급도 두 명이나 됐다.

이 정도의 해결사들을 동원할 정도면 업계에 대해 빠삭하지 않으면 불가능한 일이다.

이런 점을 볼 때, 사숙이라는 해결사 업계와 관련을 맺고 있을 가능성이 매우 크다.

— 스페이스, 추적은 하고 있지?

— 하나하나 동선을 체크하고 있습니다.

— 필요하다면 아르고스를 이용해도 돼.

— 마스터께서 표식을 심어놓아 그럴 필요는 없습니다.

— 알았어.

나를 데리고 이곳저곳 옮겨 다닌 자들에게는 언제든지 찾을 수 있도록 아르고스를 이용해 이미 표시를 해두었다.

표식을 심은 자들은 나중에 김중호 일행에게 감시하라고 하면 될 것이다.

전부 해결사들이니 그들을 탐문하다 보면 사숙이라는 자의 의뢰 행태에 대해서 충분히 알아낼 수 있을 테니 말이다.

'지금까지는 대충 알아두기만 했지, 자세히 살펴보지는 않았는데, 이번 기회에 해결사 업계에 대해서 알아보자. 나중에 쓸모가 있을지 모르니까.'

대부분 C에서 B급에 다다른 자들이라 거두어들인다면 충분한 전력이 될 수 있을 터였다.

생각을 정리하고 곧바로 암자로 향했다.

사람들의 시선을 피하며 달리는 동안 전자기기 주변은 얼씬도 하지 않고, 사람들도 피했다.

움직이는 동선을 감추기 위해서다.

지금부터는 내 흔적이 드러나지 않는 것이 중요하다.

스승님으로 화신하기 전부터 얼굴을 변용하고 움직이고 있기는 하지만 상황을 살펴봤을 때, 사숙이라는 자가 오래전부터 감시를 해왔다면 내 진짜 얼굴을 알고 있을 테니 말이다.

암자까지 이동하는 동안 스페이스를 통해 확인을 했지만, 감시하는 눈길은 찾을 수 없었다.

일단 비공기를 감추어둔 곳으로 갔다.

김중호 일행에게 지시를 해두기 위해서다.

도착한 후 기다리고 있던 이들에게 연락처를 받았다.

충분한 돈을 받았으니 내가 연락할 때까지 한동안 의뢰를 받지 말고 즐기면서 기다리라는 지시에 다들 각자의 자리로 돌아갔다.

떠난 것을 확인하고 암자로 올라갔다.

결계 주변에는 아무도 보이지 않았지만, 천화가 몸을 숨기고 있는 것이 분명했다.

"어디 있지?"

스르르르.

"대단한 은신술이군."

"정보 조직을 움직이려면 필수적이니까."

"일단 안으로 들어가자."

결계의 틈을 벌리고 안으로 들어가자 바로 안쪽에는 형이 나를 기다리고 있었다.

"왔냐?"

"그래, 형. 스승님은?"

"주무시고 계신다. 그런데 같이 온 사람은 누구냐?"

"중국에서 인연을 맺은 S급 진성 능력자인 천화라고 해. 여기는 내 사촌 형인 윤성진."

"만나서 반가워요."

"반갑소. 누추하지만 쉴 곳을 마련하겠소."

"아니에요. 보아하니 잘 곳도 없는 것 같은데, 얼마 있지 않아 날이 밝으면 떠날 테니 수고하실 필요 없어요."

"알았소. 저기 객방이 있으니 날이 밝을 때까지 잠시 쉬고 계셨으면 좋겠소."

"알았어요."

성진이 형이 나에게 할 말이 있어 자리를 피해달라는 뜻임을 안 것인지 천화는 순순히 객방으로 향했다.

천화가 객방으로 가자 성진이 형이 결계를 약간 손봤다.

객방에 있는 천화가 우리 이야기를 듣지 못하도록 한 것이다.

"성찬아."

"왜, 형."

"아무래도 누군가 스승님이 가진 유물을 노린 것 같은데, 여기를 공격한 놈들에 대해서는 알아낸 거냐?"

"아무래도 시숙이라는 작자 같아."

"유물을 들고튀었다는 그 작자 말이냐?"

"응. 그러니까……."

형에게 해결사들과 역으로 추적해 가며 일어난 일들을 모두 이야기해 주었다.

"그 작자라면 문제가 클 텐데, 어떻게 할 생각이냐? 그자가 스승님을 노리고 있으니 일단 대비를 해두는 것이 좋을 것 같은데 말이다."

"그래야 할 것 같아."

"아무리 봐도 S급 능력자 같은데 결계를 복구하기는 했지만 아무래도 여기는 위험할 것 같으니 떠나는 것이 좋을 것 같다."

"스승님께서는 여기를 떠나지 못해서. 생각보다 많이 약해지셨으니 말이야. 나에게 생각이 있으니 너무 걱정하지 않아도 돼."

"어떻게 할 건데?"

"결계를 강화하려고 해."

"성찬아, 결계를 강화한다고 해서 S급 능력자를 막을 수 있겠냐?"

"막을 수 있어. S급 능력자라 할지라도 뚫을 수 없는 결계를 내가 설치할 수 있으니까 말이야."

"정말이냐?"

"정말이야, 형."

"후우, 네가 그런 결계를 칠 수 있다니 도대체 믿을 수가 없구나."

"자세하게는 설명하지 못하지만, 중국에서 몇 가지 기연이 있었어."

"그렇구나."

"일단 급하니까 결계부터 칠게."

"알았다. 나도 도우마."

"그럴 필요 없어. 회복이 되었다고는 하지만 좀 쉬고 있어. 무리하지 마, 형."

"아니다. 나도 같이하마."

"지금 하려는 것은 형이 도울 수 없는 거야. 그러니 그냥 쉬고 있어."

"휴우, 알았다."

도와주려는 형을 만류했다.

아쉬워하는 표정이지만 어차피 도울 수 없는 일이기 때문이다.

제 2 장

형을 놔두고 일단 결계 밖으로 나가 암자 주변으로 펼쳐진 결계를 확인했다.

예전보다 더 강력하게 쳐져 있지만, 지금으로서는 부실하다는 생각뿐이다.

— 스페이스. 준비는?

— 완벽하게 준비됐습니다.

— 지금 치려는 것이 앱솔루트 배리어지?

— 그렇습니다. 아공간에 보관된 마나석을 이용해 열 겹의 배리어가 쳐지게 됩니다. 안쪽의 결계와 연동이 되어 재생이 가능하니 뚫을 만한 존재는 없을 겁니다.

스페이스의 말대로다.

에너지 공급만 충분하다면 최초의 배리어는 부서진 후 최소 두 개가 더 부서지기 전에 재생이 완료된다.

각 단계당 최상급 마나석을 100개 정도만 배정한다면 무한 반복적으로 배리어를 재생할 수 있으니 그야말로 최고의 방어 결계라고 할 수 있었다.

─ 시작하자.

─ 마스터께서는 결계 주변을 한 바퀴 돌아주십시오.

타타타탓.

결계 주변을 돌자 스페이스는 아공간에서 최상급 마나석을 소환했다.

─ 제가 알려 드리는 장소마다 최상급 마나석을 대지에 박아 넣으시면 됩니다.

파파파파팟!

시야에 점으로 나타나는 표식을 보며 최상급 마나석을 던져 땅에 박히도록 했다.

그렇게 한 바퀴 도는 동안 1,000개의 최상급 마나석이 결계 주변을 에워쌌다.

─ 배리어 이외에도 벙커에서 발견한 결계도 같이 연동이 되도록 해야 하니 정령석이 필요합니다, 마스터. 오행의 속성을 따라 각각 두 개면 될 것 같습니다.

─ 그렇게 해.

말이 끝나기 무섭게 오행의 성질을 가진 정령석들이 손안에 쥐어졌다.

이번에도 역시 스페이스가 가리키는 공간에 정령석을 설치했다.

─ 지금 설치되는 것들을 활성화시키는 작업은 마스터께서 직접 해주십시오. 인스톨은 이미 되어 있으니 충분히 가능하실 겁니다.

─ 알았다.

내 의지를 지닌 에너지를 뿜어냈다.

에너지는 대기를 타고 흘러 땅에 마법진을 그리며 박아놓은 마나석과 정령석에 스며들었다.

결계 주변으로 흰색의 빛이 연이어 터져 나오며 준비한 것들이 활성화되기 시작했다.

지하 벙커에서 보던 결계가 사부님의 것과 연동이 되면 어떤 변화를 일으킬 줄 모르지만 확실한 것은 하나 있다.

결계가 연동되면 더욱 강력하게 변해 버려서 S급 능력자라 할지라도 뚫을 수 없을 것이라는 것이다.

─ 앱솔루트 배리어가 활성화됩니다. 결계와 연동을 시작합니다. 마스터의 의지를 부여해 주십시오.

─ OK!!

배리어와 결계가 연동되며 활성화되기 시작했고, 스페이스에게 내 의지를 부여했다.

잠시 후, 내 의지가 허락하는 이들 이외에는 그 누구도 드나들 수 없는 결계가 완성이 되었다.

'으음, 대단하군. 이 정도라면 S급 진성 능력자라 할지라도 절대 뚫을 수 없겠군.'

— 대단하군. 마음에 들어.

— 마음에 드신다니 다행입니다.

— 그럼 다음으로 넘어가 볼까?

— 준비가 되어 있으니 시작하시면 됩니다.

외부의 적들로 보호할 수 있는 장치는 마련했지만, 그것보다 중요한 것은 스승님의 건강이다.

그래서 생각한 것이 그레이트 힐이 발현되는 마법진이다.

어쩌면 지금 친 결계보다 더 어려운 것이 바로 이 마법진을 설치하는 것일 것이다.

스승님께서는 상처를 입은 것이 아니라 노환이시니 일반적인 그레이트 힐이 적용되어서는 곤란하니 말이다.

스승님이 충분히 수용하실 수 있도록 그레이트 힐의 마법력을 나누어야 한다.

지금의 나로서는 절대 할 수 없는 일이라 스페이스의 도움을 받아야 설치를 할 수 있다.

결계 안으로 들어와 스페이스가 지정한 곳에다가 마나석을 심었다.

결계를 완성하는 것보다 시간이 곱절이나 걸렸다.

무려 1,000개 이상의 최상급 마나석이 소모되는 작업이었기 때문이다.

이토록 거창한 마법진을 설치한 것은 스승님의 수명을 연장시키는 것만이 목적이 아니다.

결계 안에서 수련을 하게 될 나와 형, 그리고 천화를 위해 설치하는 것이기도 하다.

결계 안에서 수련을 하게 되면 어지간한 상처 정도는 금방 회복될 수 있을 뿐만 아니라, 능력의 원천이 되는 에너지도 키울 수 있어서다.

― 설치가 끝났습니다.

― 잘했어, 스페이스.

외곽의 결계를 간섭하지 않으면서 마법진을 완성시킬 수 있어 다행이었다.

잠시 설치된 것을 살펴보고 있는데 형이 다가왔다.

"성찬아."

"어, 형."

"지금 한 것이 뭐냐?"

"스승님 기운을 북돋는 일종의 결계야. 더불어서 안에서 수련하는 사람들의 기운을 증가시키기도 해."

"대단하다."

"안 물어봐?"

"물어보기는 뭘 물어보냐. 네가 잘된 일이라면 그것으로 됐지."

사촌 동생인 내가 이번에 큰 기연을 얻었다는 것을 알면서도 설치한 마법진에만 관심을 두는 형을 보니 참 바보 같다는 생각이 든다.

형은 언제나 나를 전폭적으로 믿어왔으니 말이다.

"이제는 마음 놓고 쉴 수 있겠다."

"그래, 좀 쉬어."

형과 함께 스승님께서 주무시고 계시는 곳으로 가서 문 앞 평상에 앉았다.

"그나저나 중국에서 뭐 좀 알아낸 것이 있냐?"

"중국의 배후 세력인 대륙천안이 비밀리에 움직였다는 것은 알아냈어."

"대륙천안이라……. 역시 그랬군. 배신자는 확인했냐?"

"센터 내에서 암약하고 있는 제5열이 누구인지는 아직 파악하지 못했어."

"확실히 있었구나. 그런데 그 새끼는?"

"행방을 몰라. 완전히 종적을 감췄어."

피안의 행방은 아직까지 종적이 묘연하다.

천화도 타크라마칸의 일과 피안에 대해서는 전혀 모르고 있었다.

"그 새끼를 잡아야 뭔가 단서라도 얻을 텐데, 아쉽군."

"언젠가 나타나겠지. 그나저나 팀원들은?"

"팀원들에게는 네가 부탁한 대로 말을 해두기는 했지만, 이제부터 어떻게 할 거냐?"

"스승님 건강도 문제고, 당분간은 움직일 생각이 없어."

"그러면 문제가 커질지도 모르는데 괜찮겠냐?"

"센터에 있는 제5열도 중국에서 벌어진 일 때문에 잔뜩 웅크리고 있을 테니 별문제 없을 거야."

"그렇게 장담할 정도면 큰일이 벌어진 것 같은데, 도대체 중국에서 무슨 일이 있던 거냐?"

"한바탕 뒤집어놓고 왔어. 여기 일은 아예 신경을 쓰지 못하도록 말이야."

"뒤집어놔?"

"국정원에 정보를 조금 흘렸어. 덕분에 중국 정부는 물론이고, 대륙천안이 뒤집어졌지."

"한국으로 돌아온 이후로는 여길 벗어나지 않아서 그러는데, 어떤 일이 벌어졌는지 자세히 말해봐라."

"알았어."

러시아와 중국이 합작해 국정원의 능력자들을 노리던 것과 그로 인해 중국내 능력자들이 역으로 당한 것들에 대해서 설명을 해주었다.

벙커를 턴 일과 특별한 인연을 얻은 것에 대해서는 아직 이야기를 할 단계가 아니라 언급을 회피했다.

2차 각성을 하기 전이라 형의 본성에 영향을 줄 수도 있으니 말이다.

"그 정도면 네 말대로 센터에서 암약하고 있는 놈은 움직일 생각을 하지 못하겠네."

"맞아. 대륙천안이나 중국 정부에서도 그나마 남아 있는 끄나풀을 잃고 싶지는 않을 테니까. 그리고 내가 내버려 두려는 이유는 또 있어."

"뭔데 그러냐?"

"놈들이 새로운 작전을 짠 것 같아. 이번에는 센터가 아니라 정치권을 대상으로 말이야."

"정치권을?"

"그래. 놈들은 정치권에 자신들의 꼭두각시를 심은 뒤 권력을 장악할 생각인 것 같아. 그래서 제5열을 찾아낸다고 해도 당분간은 가만히 둘 생각이야."

"좋은 생각이다. 센터에 제5열을 심은 것을 보면 정치권하고도 연결이 되어 있을 테니 역으로 추적해서 아예 뿌리를 캘 생각이구나.”

“맞아, 형. 놈들은 통상을 빌미로 재계에 먼저 침투한 다음 정치권에 줄을 대려고 계획하고 있어. 비록 청산을 했다고는 하지만 아직 썩어빠진 놈들이 남아 있는 곳이 정치권이니 놈들의 의도는 성공할 거야. 그렇게 어느 정도 무르익으면 한 번에 캐내려고 해.”

“무슨 말인지 알았다. 하지만 정치권에 있는 자들을 상대하려면 조심해야 한다.”

“시간은 많아. 그러니 스승님께서 회복하실 수 있도록 도우면서 준비를 하면 될 거야.”

“그래, 네가 알아서 잘하겠지. 그나저나 저 여자가 S급 진성 능력자라고 했는데, 어떻게 알게 된 사이냐?”

“대륙천안의 정보 조직인 천안을 움직이던 여자야. 놈들에게 배신을 당해서 죽음 직전에 있던 것을 내가 어쩌다 보니 구하게 됐어. 덕분에 앞으로 나를 위해 일을 해주기로 했어. 동료로서 말이야.”

형이 기피할 수도 있어서 천화가 더미의 몸으로 다시 삶을 이어가게 됐다는 이야기는 할 수 없었다.

“믿을 수 있는 거냐?”

“형 다음으로.”

“그럼 문제는 없겠구나. 하지만 항상 조심해야 한다. 고육지

계일 수도 있으니 말이야."

"알았어. 형 말대로 할게."

쓸데없는 걱정이었지만 그냥 수긍을 했다.

'지금은 아니지만 나중에 다 말해줄게.'

형이 2차 각성을 했다면 모든 사실을 말해주어도 괜찮지만, 지금은 곤란하다.

내가 말해 주는것으로 인해 자칫 형의 앞날이 비틀어질 수도 있는 일이니 말이다.

"형, 나 스승님 좀 잠깐 보고 올게."

결계 안쪽의 기운이 늘어나고 있다.

그레이트 힐 마법진이 본격적으로 작동하기 시작하는 것을 느꼈기에 스승님의 상태를 한번 봐야 한다.

너무 과하면 조절을 할 필요가 있기 때문이다.

"그래, 어서 보고 와라."

암자 안으로 들어가 스승님의 상태를 살폈다.

'처음보다 많이 좋아지셨다.'

혈색이 돌아오는 것을 보니 그레이트 힐의 효과를 받고 계시는 것이 분명했다.

— 바이탈은 어때?

— 많이 안정이 되었습니다. 일주일 정도면 정상적으로 거동할 수 있을 겁니다.

─ 어느 정도나 사실 것 같아?

─ 이곳에서 지속적으로 케어를 받으시면 최대 삼 년 정도는 가능할 거 같습니다.

─ 다른 방법은 없겠어?

─ 저로서도 방법이 없습니다. 죄송합니다, 마스터.

─ 네가 죄송할 것이야 없지. 스승님이 천명이 그것밖에는 남지 않았으니 말이야. 그나마 다행이야. 삼 년이나 남아 있어서 말이야. 모두 네 덕분이다. 고마워, 스페이스.

─ 아닙니다, 마스터.

스페이스가 있어서 정말 다행이다.

그렇지 않았다면 큰일을 치를 뻔했으니 말이다.

스승님의 상태를 다시 한 번 확인하고 밖으로 나왔다.

"스승님은 좀 어떠신 거냐?"

"이제 한계에 다다르신 것 같아."

"한계라니, 무슨 말이냐?"

형이 놀라 묻는다.

"하늘로부터 받은 수명이 다되어간다는 뜻이야, 형."

"후우, 그럼 마음의 준비를 해야겠구나."

형도 무슨 뜻인지 알아들었는지 한숨을 내쉬며 처연한 표정을 짓는다.

"조섭을 잘 하신다면 삼 년 정도는 더 사실 것 같아. 그러니 그전에 할 수 있는 것은 다 해드리는 것이 좋을 거야, 형. 돌아가신 다음에는 효도하고 싶어도 할 수 없을 테니까 말이야."

"그러마. 하지만 나는……."

"스승님께 드리는 음식은 당분간 내가 만들 거야. 그러니 형은 지금부터 실력을 높여. 그게 효도하는 거니까 말이야. 그러라고 에너지 효율을 높여준 거야."

"으음, 걱정하지 마라. 스승님께서 기뻐하실 수 있도록 최선을 다하마."

"그래, 그럼 된 거야, 형."

원래 성진이 형이 미각성자 중에서도 특별한 축에 속하지만, 이제 겨우 B급 진성 능력자 수준일 뿐이다.

그나마 전투 슈트를 입어서 그 정도의 능력을 발휘할 수 있는 것이니 말이다.

하지만 지금은 조금 다르다.

마나석을 이용해 형의 에너지 효율을 상당히 높였다.

스승님께서 알려주신 것들을 소화하기에 충분할 정도로 말이다.

'후후후, 너무 놀라지나 마.'

본래부터 무척이나 고집스럽게 수련을 하는 형이다.

아직은 느끼지 못하겠지만 한 달 정도 수련을 한다면 전투 슈트가 없더라도 최소한 B급의 능력을 소유할 터이고, 석 달이면 충분히 A급 능력자가 될 수 있다.

스승님으로부터 배운 것들을 제대로 수련만 한다면 2차 각성을 하지 않더라도 충분히 A급 능력을 발휘할 수 있는 것이다.

'형이 수련할 동안에 센터장이 배신을 한 것인지 확인도 하고, 해결사 세계에도 기반을 만들어두어야겠지. 형이 좋아할지 모르겠군.'

지금 상태로는 내가 제5열을 찾아낸다는 것은 거의 불가능하다.

그래서 프리랜서로 활동을 시작할 생각이다.

그쪽 세계에 기반이 어느 정도 만들어지면 충분한 정보망을 구축할 수 있고, 능력자들을 감시하는 것도 용이할 테니 말이다.

해결사의 세계에서 김중호 정도의 능력자를 다섯만 확보할 수 있다면 제5열을 찾아내는 것은 시간문제일 것이다.

'그런 능력자를 찾아내려면 중개인을 만나서 좀 닦달을 해야겠지.'

S급 능력자가 일을 허투로 처리할 리 없으니 중개인을 만나더라도 사숙이라는 자를 찾기는 요원할 것이다.

하지만 그를 통해 해결사 중에 필요한 능력자를 찾기는 어렵지 않을 것이다.

김중호 같은 능력자에게 일을 중개할 정도라면 다른 능력자도 상당수 알고 있을 테니 말이다.

'나는 움직일 수 없으니 일단 천화에게 부탁을 해야겠군. 아니, 이제는 진현화인가?'

당분간 스승님을 돌봐야 하니 진현화로 신분을 바꾼 천화가 움직이는 것이 나을 것이다.

그녀라면 중개인을 통해서 여러 가지 정보를 알아낼 수 있을 테니 말이다.

특별한 능력을 가진 이들이 활동하는 해결사의 세계는 복잡하다.

세상이 변하기 전부터 존재하고 있었다는 암살자의 세계만큼이나 말이다.

중개인 제임스 윤은 이 양쪽 세계를 경험한 몇 안 되는 특급 중개인 중 하나다.

오랜 세월 동안 뒤쪽 세계에서 여러 가지 중개를 하던 제임스 윤은 대변혁이 일어나고 1차 각성을 한 이후에는 암살에는 전혀 손을 대지 않았다.

암살에 관여한 자에게 작용하는 운명의 족쇄가 얼마나 가혹하게 작용하는지를 알게 된 다음부터였다.

1차 각성을 한 이후에 그는 해결사의 세계로 뛰어들었다.

기존에 가지고 있는 정보망을 활용해 해결하기 불가능한 일들을 찾을 수 있었고, 유물을 통해 각성한 자들에게 의뢰를 주어 막대한 이득을 얻을 수 있기 때문이었다.

"빌어먹을!!"

승승장구하던 제임스 윤은 오늘 무척 열이 받아 있었다.

화난 이유는 간단했다.

특급 고객의 연락처 하나가 완전히 단절이 되었기 때문이다.

"여태껏 단 한 번의 실패도 없이 의뢰를 중개해 왔는데 오점을 남겼군. 덕분에 고객은 나가떨어졌고. 그동안 꽤나 짭짤했는데 아쉽군."

고객은 떨어져 나갔지만 잔금은 계산이 됐다.

그럼에도 찝찝한 기분을 털어버릴 수 없던 제임스 윤은 브랜디 한 잔을 컵에 따라 마셨다.

"크으, 좋군."

브랜디의 알싸한 기운이 목을 타고 넘어가니 더러운 기분이 좀 가시는 것 같았다.

"그나저나 어떻게 따라붙은 거지? 그럴 리가 없을 텐데 말이야."

해결사 중에서도 상당한 능력자들이 다수 동원이 되어 안심하고 있었다.

그런데도 의뢰주는 달라붙은 날파리로 인해 관계를 끊는다는 메시지를 보냈다.

그동안의 중개해 온 의뢰를 생각하면 의뢰주가 허튼소리를 할 리 없었다.

문제는 의뢰 내용을 전부 검토하고, 붙였던 능력자들에게 탐문을 해봐도 어디서 날파리가 붙은 건지 전혀 파악이 되지 않고 있다는 것이다.

"기분이 별로니 일본으로 건너갔다가 미국으로 들어가야겠군."

자신이 파악할 수 없다는 사실이 못내 찜찜한, 제임스 윤은 한국을 떠나기로 했다.

한국에서의 의뢰도 전부 끝낸 상태고, 자신의 감각을 간지럽히는 더러운 기분이 꼭 위험을 경고하는 것 같아서였다.

부르르릉!

키를 돌려 시동을 걸었다.

마리나에 정박 중이었던 요트가 기분 좋게 꿈틀거리며 바다를 향해 나갈 준비를 끝냈다.

후진을 해 마리나를 벗어나 선체를 돌린 후 항구 외곽으로 나갈 때쯤, 등 뒤에서 느껴지는 서늘한 기운에 제임스 윤은 누군가 자신을 찾아왔음을 느꼈다.

"누, 누구냐?"

"고개는 돌리지 말고 그대로 바다로 나가. 더 이상 세상 구경을 하고 싶지 않다면 마음대로 하고."

세상에는 1차 각성만 했다고 알려져 있지만 제임스 윤은 유물을 얻어 각성한 유물 능력자였다.

무투 계열이 아니라 정보 계열이라서 그렇지, 제임스 윤의 감각은 꽤나 예민한 편이었기에 뒤를 장악한 자의 말이 결코 빈말이 아니라는 것을 알 수 있었다.

'섣불리 움직이면 당한다.'

"오! 감각이 꽤 좋네. 앞으로 계속 그렇게 해. 그게 신상에 좋아."

제임스 윤은 침착하게 요트를 끌고 바다로 나갔다.

방향은 항만청에 미리 신고해 놓은 대로 일본 쪽이었다.

항구가 보이지 않을 때쯤이 되자 또 다시 뒤에서 목소리가 들려왔다.

"이번에 실패한 의뢰 말이야. 의뢰한 자가 누구지?"

"모, 모르오."

"역시, 모르는군. 아마 그자는 연락도 끊었겠지?"

"지금까지 연락을 취하던 메일은 계정이 정지되었소. 사설 네트워킹이라 의뢰주의 정보도 나에게는 없소."

"나도 알아. 이 바닥에서 네 녀석이 상당한 중개인이라고 하더군. 특히나 의뢰주가 노출되는 것을 처음부터 차단한다는 것으로 말이야."

"이번 의뢰의 당사자인가 본데, 내가 아는 것은 아무것도 없으니 알아서 하시오."

"겁먹었나? 그렇게까지 겁먹을 필요는 없어. 네 목숨을 빼앗지는 않을 테니까 말이야."

"나에게 원하는 것이 있소?"

"맞아. 나도 피해자라 대가를 받았으면 해서 말이야."

"무엇을 원하시오."

"의뢰인들은 필요 없고, 해결사들의 명단과 연락처가 필요한데 말이야."

"그런 명단은 없소. 의뢰는 반드시 사설 메일로만 주기 때문이오. 그리고 설사 알고 있다고 해도 절대 알려줄 수가 없는 일이오."

의뢰가 끝난 후에 딴짓을 시도하는 능력자들 때문에 의뢰인의 정보가 유출되는 경우가 있지만, 그것은 어쩔 수 없는 일이다.

그런 것까지 중개인들이 확인할 수는 없으니 말이다.

그런 일이 있음에도 중개인을 할 수 있는 것은 의뢰인을 털어먹으려는 자들은 하나도 남김없이 제거함으로써 사후 처리는 확실히 해왔기 때문이다.

그렇지만 해결사들의 정보를 누설하거나 파는 행위는 절대적으로 금기다.

의뢰인들보다는 해결사들이 더 위험하기 때문이다.

특별한 능력을 지닌 자들이라 자신이 명단을 유출했다는 것을 알면 쥐도 새도 모르게 자신이 제거될 것이기에 제임스 윤은 입을 다물었다.

"입이 제법 무겁군. 하지만 난 알고 싶어서 말이야."

"……."

말로만 자신을 옴짝달싹 못하게 만든 존재였기에 제임스 윤은 머리가 복잡했다.

그 정도의 능력자라면 S급 정도밖에는 없었기 때문이다.

'한국에 있는 S급 능력자들은 절대 아니다. 그들은 내가 한국에 들어왔다는 것조차 모르고 있으니 말이야. 내 정보가 샐 곳은…….'

A급 유물 능력자로서 중개인을 하며 제일 중요하게 생각하는 것 중 하나가 상위 능력자들의 움직임이었다.

그들의 움직임에 따라 큰 의뢰가 발생하기 때문이기도 하지만 자신을 위험에 빠트릴 수 있는 자들이기 때문이기도 했다.

이번 의뢰를 맡고 급히 한국으로 들어오기는 했지만, 철칙을 소홀히 하지는 않았다.

S급 능력자들의 소재지는 물론, 그들이 하고 있는 일들에 대해서도 소상히 파악을 했지만 모두 다른 일들을 하고 있었다.

자신과 연관될 일이라고는 거의 제로에 가까운데 자신의 뒤를 점하고 협박을 하고 있는 이가 S급 능력을 가진 것 같기에 생각이 복잡해졌다.

　'유물 능력자는 절대 아니다. 그랬다면 벌써 반응이 나타났을 테니까. 그렇다면 진성 능력자라는 건데…….'

　탐색의 권능을 가지고 있는 유물을 얻었기에 유물 능력자인지 아닌지 식별할 수 있었다.

　S급 유물 능력자의 경우 어떤 것을 가졌는지 모르지만 다른 이들은 유물의 형태는 물론이고, 능력까지 파악이 가능했는데 뒤를 점하고 있는 전혀 느껴지지가 않는다.

　유물 능력자가 아니라 진성 능력자라는 뜻이었다.

　'진성 능력자라면 소재지를 파악하기가 거의 불가능하니 국정원에서 나선 건가? 그저 땡중 하나를 납치하는 일에 국정원의 S급 능력자가 동원된다는 것은 두 가지 경우뿐이다. 그렇다면 그 땡중이 S급에 준하는 능력자이거나, 중요한 정보를 가지고 있다는 건데…….'

　고민을 할수록 생각이 복잡해졌다.

　국정원의 진성 능력자가 동원되었다면 정말 심각한 일이기 때문이었다.

　"대충 생각이 정리된 것 같군."

　"헉!"

"너에게 기회는 없어. 아무리 네가 탐색의 권능을 가지고 있는 유물을 얻었다고 해도 나에게서 도망칠 수는 없을 테니까 말이야. 그리고 내가 원하는 것은 해결사들의 세계야."

"그, 그게 무슨 소리요?"

의뢰 대상이 보낸 자로만 알고 있었는데 아닌 것으로 판단되자 당황해서 제임스 윤이 물었다.

"이런, 나를 의뢰 대상이 보낸 사람으로 착각한 모양이군. 하긴 그럴 만도 하겠지. 실패한 의뢰를 맡긴 자에 대해 물어봤으니 말이야."

"의뢰 대상이 보낸 사람이 아니라는 말이오?"

"전혀! 의뢰인에 대해서 내가 궁금해야 할 이유는 없으니 말이야."

"그럼 어째서……."

"앞서 말했다시피, 내가 궁금한 것은 해결사가 활동하는 세계야. 알아보고 싶어서 널 지켜봤거든. 이번 의뢰가 실패한 것을 보고 어떻게 처리하는지 궁금했을 뿐이야."

"정말 이 세계에 들어올 작정이오?"

"한번 놀아보기에는 꽤나 재미있을 것 같아서 말이야."

'미친놈.'

S급 진성 능력자라면 놀 수 있는 물이 차고 넘쳤다.

다른 차원은 물론이고, 지구에서도 특급 대우를 받으면서 자신이 하고 싶은 것을 할 수 있는데 해결사 세계에 발을 담그겠다니, 솔직히 이해가 가지 않았다.

"속으로 미친놈이라고 생각을 하고 있겠지. 하지만 말이야, 내가 이 세계에 좀 머물러야 하거든."

"아!!"

제임스 윤은 어째서 S급 진성 능력자가 해결사 세계에 머물려 하는지 이해가 갔다.

'진짜 S급 진성 능력자라면 권력 다툼에서 밀려난 자가 틀림없다.'

일반적인 경로로는 절대 진성 능력자가 될 수 없기 때문에 진성 능력자 대부분은 국가에 소속된 자들이다.

S급이라면 더욱 그랬다.

그만 한 경지에 오르려면 국가의 전폭적인 지원이 없으면 불가능한 일이니 말이다.

국가에 소속된 진성 능력자가 해결사 세계에 몸을 담그려 한다면 몸을 피하기 위해서가 분명했다.

권력 다툼에서 밀려난 이후 재기를 위한 발판으로 해결사들을 이용하기 위해 뛰어들 수도 있다는 생각이 든 것이다.

'최근에 권력 투쟁이 일어난 곳이라면……'

제임스 윤은 그동안 수집한 정보들을 기억해 내며 권력 투쟁이 벌어진 곳들을 생각했다.

'권력 투쟁이라면 중국 아니면 일본인데, 중국은 지금 국정원과 싸움 중이니 그럴 리 없고. 일본 쪽인가? 하지만 그쪽도 잠잠하기는 마찬가지고……. 도무지 누구인지 종잡을 수가 없군.'

S급 진성 능력자를 보유한 국가는 그리 많지가 않다.

그만한 능력자를 키우려면 웬만한 국력으로는 불가능한 일이었으니 말이다.

'유럽이나 미국 쪽은 이미 국가보다는 가문 위주로 재편이 된 상태니 아예 생각할 것도 없고, 미국은 정부에서 강력하게 통제를 하고 있으니 거기도 아니다. 있다면 인도나 스리랑카 같은 인구 대국이나 남아메리카 쪽인데…….'

정보망이 구축된 곳은 유럽과 미국, 그리고 동아시아다.

다른 곳들의 사정은 협력 관계에 있는 자들로부터 돈을 주고 정보를 사서 의뢰를 수행하고 있기에 그쪽 사정에 어두운 편이라 마음이 답답했다.

'누가 됐든 이건 기회다. S급 진성 능력자와 협력 관계를 맺을 수 있다면 정보 상인도 꿈만은 아니다.'

제임스 윤이 해결사들에게 일거리를 중개하면서 기반을 다져온 이유는 정보상이 되기 위해서였다.

지구에서 기반을 닦고, 차원 너머까지 영향력을 끼칠 수 있는 거대한 정보망을 구축하는 것이 바로 제임스 윤의 꿈이었다.

'하이 리스크, 하이 리턴이다.'

탐색의 권능을 가진 유물을 얻은 후 본성의 변화가 불러온 탓에 생긴 꿈이기는 하지만 제임스 윤은 그동안 자신의 꿈을 위해 전력을 투구해 왔기에 흥미가 생겼다.

"나와 협력해 해결사 세계를 장악하겠다는 것이오?"

"장악은 아니지만 비슷하기는 하다."

"협력을 해준다면 나에게 돌아오는 것은 무엇이오?"

만만치 않는 자다.

이런 와중에도 자신의 몫을 챙기려 하다니 말이다.

"내가 떠난 후 남아 있는 것들을 모두 네가 가지는 것으로 하면 될 것 같은데. 너는 어때?"

"좋소."

근본적인 문제를 해결하지 않는 한 아무리 S급 진성 능력자라고 할지라도 알맹이를 다 빼먹지는 못한다.

남겨진 것만 활용해도 자신이 원하는 것을 이룰 수가 있기에 제임스 윤은 단번에 승낙을 했다.

어느 정도 의중을 파악했으니 이제 완전히 끌어안을 차례다.

"제임스 윤! 아니, 본명 박윤철! 자신의 존재를 걸고 앞으로 나와 협력한 것인가?"

"헉!"

그동안 한 번도 밝혀진 적이 없는 자신의 본명을 말하는 소리에 박윤철은 헛바람을 삼켰다.

'젠장, 똥 밟았다!'

대변혁 이후 진명을 걸고 약속한 것은 절대 어길 수 없다는 것을 알고 있기에 박윤철이 인상이 구겨졌다.

"박윤철! 협력할 건가?"

다시 한 번 압박을 했다.

'할 수 없지. 기회를 노리는 수밖에……'

상대는 자신의 모든 것을 파악하고 왔다.

더군다나 S급 진성 능력자는 생명의 인과를 벗어난 자신을 죽여도 인과율에 영향을 받지 않는 존재다.

자신이 S급 능력자가 되지 않는 한 더 이상의 거부는 자신의 죽음뿐이라는 것을 알기에 박윤철은 승낙을 할 수밖에 없었다.

"아, 알겠소. 내 존재를 걸고 협력하겠소."

마지못해 승낙을 했다.

하지만 다른 방법이 없으니 저자도 어쩔 수 없을 것이다.

"좋아. 따로 연락을 할 테니 기다리도록."

"무작정 기다리라는 말이오?"

"너를 찾아가는 자가 있을 것이다. 그에게 들어온 의뢰를 맡기면 된다."

"알았소."

"좋아. 그럼 기회가 되면 다음에 보도록 하지."

뒤에서 느껴지던 존재감이 순식간에 사라져 버렸다.

'공간 이동의 능력까지 있는 것을 보면 벗어나기가 쉽지는 않겠지만…….'

박윤철은 탐색의 권능을 가진 유물을 얻은 후 의지를 제압하기는 했지만 고유 능력을 전부 자신의 것으로 만들지는 못했다.

사랑하는 이의 희생으로 자신을 좀먹던 유물의 의지를 제압했기 때문이다.

'탐색을 하면 할수록, 이 세계의 정보를 얻으면 얻을수록 나는 강해진다. 그러면 되는 것이다. 그러면…….'

자신의 유물이 가진 고유 능력은 결코 A급이 아니다.

전부 자신의 것으로 만든다면 S급을 넘어 진짜 초월의 경지를 바라볼 수도 있기에 박윤철은 기회를 기다리기로 했다.

S급 진성 능력자를 방패막이로 내세운다면 생각보다 순조롭게 자신의 능력을 키울 수 있을 가능성이 높기 때문이었다.

'일본을 들러서 미국에 갔다가 다시 한국으로 돌아와야겠군. 기반을 처음부터 다시 만들어야 하지만 상관없다. 내가 협력해야 할 자가 한국을 선택한 것 같으니 말이야. 그 이후에는 S급 진성 능력자들에 대한 정보를 수집해야 할 거다. 권력 판도에서 밀려난 자가 한국을 선택했을 때는 이유가 있을 테니까.'

박윤철은 비행기를 타지 않은 것을 후회하면서 요트의 속도를 높였다.

한국으로 자신의 기반을 모두 옮기려면 서둘러야 했다.

◆　　　◆　　　◆

이제 진현화가 된 천화는 자신의 분신체만으로 박윤철과 협상을 했다.

나조차 진체와 가체를 구분할 수 없을 정도로 완벽한 분신체였다.

더군다나 존재를 걸고 하는 협상임에도 인과가 그대로 적용이 되는 것을 보면서 S급 진성 능력자의 무서움을 느낄 수 있었다.

"정말 대단하군."

"그까짓 걸 가지고 뭘, 후후후."

진짜 별거 아니라는 말투다.

이런 여자가 나와 동료라니 정말 든든하다.

"그래도 대단한 자야. 자신의 능력을 감추는 데도 능하고 말이야. 나중에는 쉽지 않을 수도 있겠어."

"그러니까 해결사 세계에서도 손꼽는 중개인이 되었겠지. 하지만 저자에게 던져 줄 먹이는 내게 충분히 있으니 S급이 되더라도 벗어날 수는 없을 거다."

"하긴, 너는 양파 같은 존재니까. 네가 가진 정보를 조금만 풀어도 저자는 안달을 하겠지."

"그나저나 정보망 구축은 다 끝난 거냐?"

"대충은 끝났다. 석 달 동안 나도 놀지만은 않았거든."

내가 스승님을 돌보는 동안 진현화는 한국 내에 정보망을 구축했다.

약간의 도움을 주며 돕기는 했지만 사실 현화 혼자서 한 일이나 다름없다.

스승님을 납치하는 데 동원된 해결사들의 정보를 건네자 그들을 거두고, 능력을 향상시키는 것은 모두 현화가 해결한 것이다.

현화의 휘하에 있던 자들을 아공간에서 꺼내 분석 팀을 만들었고, 휘하로 거둔 해결사들로 타격 팀과 정보 수집 팀을 만든 후에 체계적으로 운영이 되기까지 걸린 시간이 불과 석 달이었으니 정말 대단한 여자다.

"그나저나 이제 네 팀원들을 불러야 하지 않겠어? 슬슬 움직여야 할 테니 말이야."

"자금도 만들어졌고, 대략적인 정보도 얻었으니 소집을 해야겠지."

"네 사촌 형에게서 대단한 사람들이라고 들었는데, 언제쯤 볼 수 있는 거냐?"

"이틀 후에 만날 생각이니, 그때 볼 수 있을 거다."

"그래? 그럼 미용실이라도 한번 다녀와야겠군. 처음 보는 자리이니 말이야, 후후후."

"마음대로."

지금 현화의 모습도 나쁘지 않다.

잘 빠진 체형에 어디 내놔도 손색이 없는 미인형의 얼굴이다.

이제는 완전히 동화가 끝나 자신만의 존재감을 내뿜는 탓에 성진이 형이 몰래 힐끔거릴 정도로 아주 매력적인 여자인데도 내 사람들을 만나는 것이 신경 쓰이는가 보다.

"네 사촌 형 온다."

"그렇군."

성진이 형이 차를 끌고 마리나 입구로 들어서고 있다.

이틀 후에 있을 소집과 관련해서 팀원들에게 연락을 하고 오는 길이다.

부우우웅!

끼익!

흰색의 SUV가 앞에 멈춰 섰다.

"어서 타라. 서울까지 가려면 시간이 없다."

"타지."

"OK!"

차에 올라탄 후 곧바로 마리나를 벗어났다.

"일은 잘 끝난 거냐?"

"잘 끝났어, 형."

"만만치 않는 자 같던데, 다행이군."

"앞으로 자주 만날 자니까 주의를 해야 할 거야, 형."

"알고 있다. 앞으로 우리 밥줄이 되어줄 테니 알아서 조심하마."

"그나저나 서류 준비는 어떻게 됐어?"

"다 준비해 놨다. 거기 가방 안에 있다."

형이 준비해 놓은 가방을 열어 서류들을 확인했다.

"완벽하네. 다행이다. 프로젝트가 갑자기 시작이 돼서 걱정했는데 말이야."

"어쩔 수 없을 거다. 정규 과정으로는 인력을 조달하기 어려웠을 테니까 말이야. 하지만 우리로서는 아주 잘된 일이다. 프로젝트가 시작되지 않았다면 정규 과정이라도 들어가야 했으니 말이야."

"하긴⋯⋯. 어서 가자."

"알았다."

성진이 형이 빠르게 차를 몰았다.

우리 서울로 가는 이유는 대학교에 입학하기 위해서다.

바로 차원통제사가 되기 위해서 말이다.

2차 각성이 확실히 가능한 자들 중에서 비밀리에 엘리트들을 선발하고 정부가 직접 주관하는 프로젝트를 통해 능력을 키운 후 그곳으로 보내 차원통제사를 만드는 것이 일반적이다.

한국도 다른 정부와 마찬가지로 이 방법을 주로 시행하지만,

다른 방식으로 진성 능력자들을 양성하기도 한다.

바로 공개적으로 2차 각성을 위한 학부를 대학교에서 운영하는 것이다.

적합자 판정을 받은 이들을 대학교에서 교육을 시킨 후 테스트를 통해 선발하여 2차 각성을 할 수 있는 그곳으로 보내는 것이다.

현재 한국에는 차원정보학과를 설치한 대학교가 딱 두 곳이고, 세 번의 졸업생을 배출해 냈다.

절대적인 심사기준을 거쳐 입학한 이들이 졸업을 한 후 2차 각성을 한 비율이 약 절반에 가까웠다. 그래서 학과를 확대할 계획이 진행 중이었는데, 이번에 갑작스럽게 발표가 됐다.

그야말로 전격적인 발표였다.

일곱 곳의 대학교에 차원정보학과를 신설하는 것은 물론, 기존에 차원정보학과가 설치된 곳 중에 각성율이 높은 대학교에 야간 학과를 신설하는 안건이 비밀리에 국무회의를 통과하고 신입생들을 받게 된 것이다.

마치 우리의 행보를 알고 있기라도 한 듯이 말이다.

이건 아무래도 생각해 볼 문제다.

제 3 장

사실 야간 학과의 신설은 센터에서 주관한 것이었다.

　센터의 요원은 이미 검증된 이들이나 마찬가지라 임무를 수행하면서 학부 과정을 이수할 수 있도록 계획된 프로젝트인 것이다.

　나와 형 또한 야간 학과에 입학할 예정이었다.

　본래 센터의 일을 도운 것은 모두 차원정보학과에 들어가기 위해서였으니 말이다.

　하지만 우리 둘은 그냥 못 들어간다.

　입학 절차 중에 제일 까다로운 적성검사를 통과하지 못하기 때문이다.

전투 슈트를 입어야 최대의 능력을 발휘하기는 하지만 입지 않아도 능력을 일부나마 발휘할 수 있어서 2차 각성에 부적합자로 판명이 나니 말이다.

적성검사를 면제 받으려면 센터에 추천이 있어야 한다.

사실 센터를 와해시키려는 음모가 진행 중이라 차원정보학과에 들어가지 못할까 봐 염려했는데, 계획한 일들이 정부에 의해 진행 중이라 다행이다.

'덫이겠지.'

센터에 이상이 없어서 계획대로 프로젝트를 실행하는 것은 아닐 것이다.

사실 지휘부를 장악한다고 해서 센터를 와해시킬 수 있는 것은 아니다.

센터의 중심은 바로 요원들이고, 이들이 있는 한 센터는 언제든지 부활을 시킬 수 있다.

지휘부가 사라진 것이나 다름없음에도 프로젝트를 계획한 대로 진행하는 것을 보면 제5열이 몸을 사리기 때문에 쳐지는 덫일 가능성이 높다.

요원들이 차원정보학과에 입학하기 위해 모습을 드러낸다면 제5열은 반드시 움직일 테니 말이다.

'센터장이 기획한 일인 것 같으니 이번 기회에 우리를 드러내는 것도 나쁜 일은 아니다.'

모든 준비가 끝났으니 센터와 접촉을 해야 할 시기다.

연락처를 기입했으니 입학 서류를 제출하고 나면 센터에서 연락을 해올 것이다.

이제는 센터장을 만나야 할 때다.

띠리리리!

접수를 끝내고 돌아가기 위해 차에 오르자마자 전화기 울린다.

'양반은 못 되는군.'

모르는 전화번호지만 누구에게서 온 것인지 알 것 같다.

"여보세요?"

― 귀환한 건가?

"예."

예상을 한 대로 센터장이었다.

― 단서는 얻었나?

"아무것도 얻지 못했습니다."

― 서류를 제출한 것을 보면 작전이 시작되었다는 것도 알겠군.

"어디까지 노출시킬 생각이십니까?"

― 요원들은 내일 접수할 예정이었는데, 자네와 그 친구가 들어가기로 한 것 같으니 접어야 할 것 같네.

"그러면 다른 입학생들이 위험할 수도 있습니다. 다들 가능성을 지닌 친구들이니 보호해야 합니다."

— 교수진들을 보면 알게 될 테지만, 걱정하지 말게. 그들 때문에 자네들을 찾고 싶어도 섣불리 움직이지는 못할 테니 말이야.

"알겠습니다. 그런데 미끼 역할만 하는 겁니까?"

— 아니네. 그랬다면 다른 요원들을 입학시켰겠지. 놈을 잡는 것까지 자네들의 임무에 포함이 되네.

"알겠습니다. 그렇게 하도록 하지요."

— 고맙네. 입학에 따른 것들은 이쪽에서 처리를 하겠네. 그리고 앞으로 연락은 이 번호로 하도록 하게.

"그렇게 하겠습니다."

곧바로 전화가 끊어졌다.

"센터장이냐?"

"응, 형."

"뭐라고 그러든?"

"제5열을 잡는 것까지가 우리의 임무라고 하더라. 다른 요원들은 투입하지 않을 생각인 것 같고."

"성찬아, 센터장을 믿을 수 있겠냐?"

형도 나처럼 센터장을 의심하고 있던 모양이다.

"아직은 아니야. 지휘부를 없앤 이상 딴생각을 가지고 있을 수도 있으니 말이야."

"앞으로 조심해야 할 것 같다. 어쩌면 우리만 드러날 수 있으니 말이다."

"알았어. 조심하도록 할게."

"그나저나 앞으로 어디에 머물 거냐?"

"근처에 하숙을 잡아야 할 것 같아."

"그곳에 아직 감시의 눈길이 있을까?"

"있겠지."

"그럼 하숙은 내가 알아보마."

"그렇게 해줘."

형과 나는 머물 곳이 있지만 아직 그곳에 가서는 안 된다.

지금은 제5열을 잡아내는 것에 집중할 때니까 말이다.

"그나저나 현화 씨가 잘해줄까?"

"너무 걱정하지 마. 생각보다 아주 잘해줄 거야."

현화는 학교로 오기 전에 차에서 내려 자신이 맡은 일을 하러 갔다.

서울에 입성하기 위한 작업을 위해서다.

대변혁 이후, 유물 능력자들이 출몰하면서 영역이라는 개념이 생겼다.

유물 능력자들이 일정 지역을 자신의 영역으로 삼아 기반을 다지게 되면서 생긴 것이다.

영역이 생긴 유물 능력자들은 자신이 제어하는 지역으로 들어오는 다른 능력자에게 무척이나 배타적으로 대했다.

폭주의 영향으로 뒤를 돌아보지 않는 성격들을 가지고 있어 자칫 전쟁이 벌어질 수 있는 일이라서 조율을 위해 우리와 떨어져 움직인 것이다.

'현화가 잘하겠지. 조율이라고 해봤자 일방적인 복속일 테니까 말이야.'

서울을 나눠 영역으로 삼은 능력자들은 수십에 이르지만, S급에 달하는 능력자는 겨우 다섯 명이다.

현화가 차지하려는 영역들에 터를 잡고 있는 능력자라고 해봐야 최고가 A급이니 문제가 없을 터였다.

"그나저나 이틀 후에 팀원들을 만나게 될 텐데. 준비는 끝난 거냐?"

"어느 정도 준비는 됐어. 장비는 물론이고, 필요한 에너지 스톤도 모두 확보를 했으니 문제는 없을 거야."

"센터도 그렇고, 피안이 배신을 하는 바람에 도움을 청할 곳이 없어 각자 알아서 움직여야 하는 상황이라 답답했는데 다행이다."

"하하하, 그 정도 가지고 뭘. 내가 준비한 것은 그것만이 아니야, 형."

"다른 것도 있는 거냐?"

"그래. 아주 좋아할 만한 것으로 준비를 해놨어."

"궁금한데, 뭘 준비한 거냐?"

"아직은 곤란해. 다 모이면 이야기해 줄게."

"알았다, 자식. 좀 쉬어라."

성진이 형이 다시 운전에 집중을 했다.

'고마워, 형.'

성진이 형은 궁금할 텐데도 더 이상 물어보지 않는다.

지금뿐만이 아니라 언제나 그랬다.

내가 형에게 말하지 않는 것에 이유가 있다는 것을 아는 까닭이다.

누구보다 날 믿어주는 형이 고마울 뿐이다.

― 스페이스, 내일이면 끝나겠지?

― 예, 마스터. 무구들이 이렇게 각성을 하는 경우는 저도 처음이지만, 에고를 융합 과정도 순조롭게 진행이 되고 있으니 오늘 자정까지는 끝날 것 같습니다.

― 다행이야. 나도 그렇게 변할 줄 몰랐는데, 다행히 수습할 수 있어서 말이야.

스승님을 돌보며 암자에서 수련을 하는 와중에 특별한 일이 일어났다.

타클라마칸에서 얻은 유물들이 각성을 한 것이다.

유물이 나타나고 그것들을 얻은 이들이 능력자로 각성한 것은 대변혁 직후의 일이었다.

유물에 잠들어 있던 의지가 깨어나게 된 계기는 대변혁이 일어남에 따라 세상을 유지하는 에너지 기반이 변했기 때문이다.

대변혁이 있을 때 깨어난 유물 말고는 이렇게 유물에 의지가 생기고 각성이 되는 사례가 한 번도 보고된 적이 없는데, 그런 일이 생긴 것이다.

내가 타클라마칸에서 얻은 유물에 변화가 생기고 있다는 것은 알고 있지만, 갑자기 각성을 한 탓에 정말 큰일 날 뻔했다.

아공간이 아니라 내가 가지고 있었다면 유물의 의지가 나를 잠식해 영락없이 유물 능력자가 됐을 것이다.

스페이스가 대비하고 있지 않았다면 내 고유의 본성인 심연의 심안을 잃고, 유물이 가지고 있는 능력을 얻게 될 뻔한 것이다.

아공간에 있던 터라 유물들의 각성이 시작되자 스페이스는 즉각적인 조치를 취했다.

마도학을 이용한 각종 결계와 마법진을 사용해 유물의 의지를 에고로 변화시키기 시작한 것이다.

워낙 강력한 의지들이라서 벌써 2개월에 가까운 시간이 걸렸고, 이제 에고로 변환시키는 것이 거의 마무리되어 가고 있는 중이다.

자신의 본성을 지키면서 의지에 잠식당하지 않고 유물을 사용할 수 있게 하는 데 그만큼 시간이 걸린 것이다.

― 그나저나 아직도 밝혀진 것이 없어?

― 그렇습니다. 갑작스럽게 각성이 시작이 되었다고는 하지만 분명히 원인이 있을 텐데, 아무리 조사를 해봐도 알 수가 없습니다.

― 에고화가 무사히 끝나서 다행이기는 하지만 원인을 알지 못하면 나중에 문제가 생길 수도 있을 텐데, 조금은 걱정이 되는군.

― 성과가 없는 것은 아닙니다, 마스터.

― 뭐 알아낸 것이라도 있어?

― 그동안 분석한 결과로 볼 때, 유물들이 각성을 시작한 것은 마스터의 스승님께서 에너지를 외부로 발산하기 시작하면서부터였습니다.

― 유물이 각성한 원인이 스승님이 가지신 에너지 때문일 수도 있다는 거야?

― 그렇습니다. 어떤 작용을 했는지 알 수는 없지만, 현재 상황으로 봤을 때 그럴 확률이 구십 퍼센트를 넘습니다.

― 스승님이 가진 유물에는 그런 능력이 없을 텐데? 더군다나 각각의 유물이 가진 의지가 스승님이 가진 유물의 의지와 간섭이 생겨 트러블이 날 수도 있고 말이야.

― 그동안 조사한 바로는 그분이 가지신 유물의 경우, 에너지 운용 경로에 따라 개별적으로 분화되어 독자적으로 운용되는

것이 특징이라고 할 수 있습니다. 에너지의 운용 방식이 달라지면 그에 가장 적합한 형태의 코어가 만들어진 후에 기존의 것과 같은 모습으로 분화가 되는 형태 말입니다.

— 그렇기는 하지. 그러면 스승님이 가지고 계신 유물이 분화를 일으켰다는 거야?

— 확인을 할 수는 없지만, 제가 예상하기로는 그렇습니다. 분화된 유물의 에너지 패턴이 일으키는 파장이 마스터께서 소유하신 것들의 각성을 촉진한 것이라 보는게 지금으로써는 가장 타당한 추론입니다.

스승님이 가지고 계신 유물은 스페이스도 탐지할 수가 없는 것이다.

코어로 분화되었는지 확인이 되지는 않지만 내가 친 결계로 인해 스승님께 변화가 생기면서 에너지가 발산된 것은 사실이다.

'어쩌면…….'

에너지가 발산된 양이나 내가 한 번도 느껴보지 못한 형태인 것을 보면 가지고 계신 유물이 또다시 분화한 것이 틀림없는 것 같다.

— 좋아, 스페이스. 코어가 분화되었다 치고, 그게 각성과는 무슨 상관이지?

— 마스터, 사실 이런 현상은 거의 창조의 영역에 들어가는

겁니다.

— 창조의 영역이라니, 그게 무슨 뜻이지?

— 특별한 기운에 반응하고 그에 맞춰 운용되는 코어는 저로서도 만드는 것이 불가능한 것입니다. 에너지를 움직이는 근원에 속하는 것이니 말입니다.

— 근원?

— 이런 식의 에너지 코어를 확대하면 세상을 움직이는 에너지 기반도 만들 수 있습니다.

— 그 말이 사실이야?

— 그렇습니다.

— 이런 식의 근원적인 코어가 만들어지는 것은 신성이 직접적으로 작용하는 것입니다. 그리고 신이라 불리는 존재가 자신의 모든 것을 걸고 직접 창조한 신물의 경우에나 찾아볼 수 있는 겁니다.

— 그러니까 스승님의 몸 안에 만들진 코어들은 신물과 같은 근원적인 힘을 내포하고 있다는 거구나?

— 그렇습니다. 창조의 영역에 들어갈 때 발생하는 파장은 아주 특별합니다. 만약 제 예측이 맞고, 그분께서 만드신 코어들에서 발생하는 에너지 파장이 창조의 영역에 속한 것이라면 마스터께서 가지고 계신 유물을 일깨웠을 가능성이 제일 높다고 봅니다.

─ 으음, 그럴 수도 있겠다.

스승님은 유불선만 아니라, 세속의 에너지 운용법을 아주 많이 익히셨고, 각각의 에너지 운용법을 새롭게 개선할 때마다 유물이 분화되었다.

의지가 발현되는 탓에 사용할 수는 없지만, 상상도 할 수 없는 힘이 깃들어 있다고 말씀하셨는데, 스페이스의 추측이 거의 확실한 것 같다.

─ 스페이스, 그때 발산된 에너지 파장은 내가 봐도 불가사의한 부분이 많았으니 네가 말한 것처럼 그랬을 가능성이 아주 높은 것 같아. 하지만 확실한 것은 아니니 계속 살펴보도록 해.

─ 알겠습니다, 마스터. 그분의 상태는 계속 살피고 있으니 정말 각성에 영향을 미쳤는지 조만간 알 수 있을 겁니다.

─ 고생 좀 해줘, 스페이스.

─ 염려하지 마십시오, 마스터!

스승님을 지켜본다는 것이 불경스럽기는 하지만 할 수 없는 일이다.

평범했던 골동품을 각성시킬 수 있는 파장을 흘리는 유물이라면 확인을 해야 하니 말이다.

'도대체 어떤 유물이기에…….'

창조의 영역에다가 일반적인 유물에 의지를 깃들게 해 각성을 시킬 수 있다면, 스승님이 가지신 유물은 분명 초월급일 것이다.

아니, 스페이스의 말대로 신물이라고 할 수 있다.

'상황에 따라 다르겠지만, 분화되면서 파생하는 에너지가 평범한 유물을 S급 능력자를 탄생시킬 수 있는 유물을 각성시킬 수도 있다. 어쩌면 그자가 스승님의 유물을 노리는 것도 이런 것을 알고 있기 때문이 아닐까? 아니야, 그럴 리는 없겠지. 아직 확인이 된 것도 아니고, 이번이 처음이니까 말이야.'

스페이스의 보고를 들은 후에 의문이 깊어졌다.

스승님께서 에너지를 발산했을 때의 상황은 심연의 심안으로도 확실히 알아낼 수 없는 것이었기 때문이다.

내 머릿속을 복잡하게 만드는 문제를 거의 해결했기에 마음이 조금은 편하다 싶은데, 새로운 고민이 생겼다.

아무래도 이것으로 인해 큰일이 벌어질 것 같은 예감이 드니 말이다.

'그래도 다행으로 여기자. 덕분에 스승님께서 건강을 어느 정도 되찾으셨으니까 말이야.'

지금 이렇게 움직일 수 있는 것도 스승님이 어느 정도 활동을 하실 수 있기 때문이다.

전성기에는 비할 바는 못 되지만, 결계 안에서라면 S급 능력자라 할지라도 스승님에게는 상대가 되지 못할 정도로 건강을 회복하신 것이다.

'여기 상황이 어느 정도 정리가 되면 스승님께 한번 여쭤봐야겠군. 스승님이 참선을 하시겠다고 한 것이 전과는 달랐으니까 말이다.'

　　건강이 회복되신 후, 스승님은 우리들을 수련시키는 데 전력을 다하셨다.

　　특하나 성진이 형을 단련시키는 데 심혈을 기울이셨다.

　　성진이 형은 스승님이 알고 계신 체술을 전부 전수받았고, 실전에 가까운 대련을 통해 기운의 운용법도 완숙에 다다르도록 익혔다.

　　성진이 형에게는 자신의 모든 것을 나에게는 심상 수련을 주로 시키는 것을 보면서 스승님이 나를 위해 뭔가 준비를 한다는 것을 느꼈다.

　　나는 이미 스승님의 모든 것을 배웠고, 경지마저 뛰어넘은 상태다.

　　나에게 전해줘야 할 것이 아무것도 없다고 할 수 있다.

　　그런데 우리가 암자를 떠나올 때 스승님께서는 참선에 드신다고 하셨다.

　　스승님이 참선을 하시는 것은 한 가지 경우뿐이다.

　　바로 당신께서 얻으신 깨달음을 정리할 때다.

　　하늘로부터 받은 천명이 얼마 남지 않으셔서 그런지, 나를 위해 뭔가 준비하시는 것이 분명하다.

스페이스가 예측한 것이 어느 정도 들어맞는다면, 나를 위해 준비하고 계신 것은 가지고 계신 유물과 관련이 깊을 것이니 말이다.

"성찬아, 다 온 것 같다."

아주 커다란 호텔이 눈에 들어왔다.

생각을 정리하다 보니 벌써 목적지에 다와 있었다.

"그자가 어제 입국했다고 했었지?"

"현화 씨가 확인했으니 틀림없이 여기 있을 거다."

"일단 들어가 보자."

제임스 윤이 미국에서 어제 입국을 했다.

현화에게 귀속된 이후 자신의 모든 기반을 한국으로 옮긴 것을 보면 판단력이 대단한 자다.

자신의 존재를 걸고 귀속이 되어 분노할 만도 하건만, 승부수를 던지니 말이다.

지하 주차장에 차를 대고 호텔 로비로 갔다.

인포메이션에 들러 매니저에게 제임스 윤이 머물고 있는 객실로 연락을 취하도록 했다.

매니저에게 요트의 계약자가 보내서 왔다는 말과 함께 최상층 커피숍에서 기다린다고 전해 달라고 한 뒤, 인포메이션을 벗어나 엘리베이터를 탔다.

중간쯤 올라가자 엘리베이터가 멈추고 누군가 올라탔다.

샤워를 하고 급히 오는 중이었는지 아직 머리가 채 마르지 않은 제임스 윤이었다.

— 성찬아, 스승님께서 내가 배운 것들에 담긴 기운들은 S급 진성 능력자나 되어야 감지가 된다고 하셨지만, 솔직히 믿지 못했는데 사실인가 보다. 저자도 탐색에 관해서는 상당한 능력자라고 들었는데 바로 옆에 있어도 알아차리지 못하는 것을 보면 말이다.

— 스승님께서 그런 말씀을 하셨어?

— 이번에 수련하면서 기운을 운용하는 법을 배울 때 말씀하신 건데, 모르고 있던 거냐?

— 나에겐 알려주지 않으셨어, 형.

— 어, 그럴 리가 없는데……. 정말 안 배운 거냐?

성진이 형이 의문스러운 표정으로 나를 바라본다.

— 이번에 형에게 가르쳐준 것에 대해서는 전혀 말씀이 없으셨어. 아마 형이 이제 준비가 돼서 비전을 가르쳐 주신 것 같아.

— 비전이라면 너에게도 가르쳐 주셨어야 하는 것 아니냐?

— 내가 알아야 할 것이었다면 스승님께서 가르쳐 주셨을 테지. 사실 내가 스승님께 전수받은 것들은 체술과는 거의 연관이 없잖아. 그래서 가르쳐 주시지 않았을 거야. 내가 배운 것을 완벽하게 익히는 것도 요원한 일이니까 말이야.

— 그렇기는 하지만…….

— 미안해서 그래?

— 그, 그래.

— 아이고, 형님아. 제가 배운 것이 더 대단한 겁니다.

— 그, 그러냐?

— 별 쓸데없는 것을 걱정하고 있어. 내가 배운 것을 응용하면 형에게 알려준 운기법이 아니더라도 스승님께 배운 체술을 몇 배 더 강력하게 펼칠 수 있으니 쓸데없이 미안해하지 마. 미안해할 사람은 바로 나니까.

— 그거야 내가 배울 수 없어서 그렇지, 네가 미안해할 일이 아니다.

— 하하하, 그럼 이제 된 거지?

— 알았다.

내말을 듣고서야 안색이 펴지는 성진이 형이다.

능력을 발휘할 수 있는 방법을 자신만 알고 있는 것을 미안해하는 것은 가족이니까 가능한 일일 것이다.

띵!

엘리베이터가 최상층에 도착하고 문이 열렸다.

급하게 내린 제임스 윤은 곧장 커피숍으로 들어가 좌석을 두리번거린다.

"저쪽에 자리가 비어 있는 것 같으니 가서 앉읍시다."

"당신들이?"

뒤따라와 말을 붙이니 제임스 윤이 놀란 눈으로 형을 바라본다.

"우리가 연락한 것이 맞소. 따라오시오."

"으음."

멍하니 서 있는 제임스 윤을 뒤로 하고 앞서서 빈자리로 갔다.

도시의 경관이 잘 내려다보이는 창가 쪽으로 가서 자리를 잡고 앉았다.

곧장 따라온 제임스 윤도 자리에 앉았다.

곧바로 종업원이 와서 주문을 받아갔다.

우리를 살피느라 그런지 커피가 나올 때까지 제임스 윤은 입을 열지 않았다.

종업원이 커피를 가져오고, 따뜻한 아메리카노를 한 모금 마신 제임스 윤이 입을 열었다.

"내가 한국에 들어온 것이 어제였는데 곧바로 찾아오다니, 정말 놀랐소. 일본이나 미국에 있을 때 연락이 오지 않아 날 찾는 것이 한참 후라고 생각했는데 말이오."

"기반을 옮기느라 정신이 없는 것을 알아서 연락을 취하지 않은 것뿐입니다."

"그렇군요. 그런데 오늘 찾아오신 이유가······."

"의뢰를 받았으면 해서 찾아왔습니다. 당신을 만나면 의뢰를 줄 것이라고 하더군요."

"의뢰요? 당신들에게?"

제임스 윤이 놀라 묻는다.

"후후후, 능력자도 아닌데 의뢰를 받겠다고 하니 이상합니까?"

"솔직히 그렇소. 내가 중개하는 일은 대부분 능력자들과 관련이 있는 것들이오. 당신들로서는……."

— 마음대로 판단하면 곤란합니다. 당신이 파악할 수 없다고 해서 능력이 없는 것은 아니니 말입니다.

"헉!"

텔레파시를 보내자 제임스 윤이 놀라며 신음을 삼켰다.

1차 각성만 하고, 2차 각성을 하지 않은 것으로 보이는 내가 능력을 사용했으니 말이다.

"미안하오. 조금 놀라서 결례를 범했소. 그런데 어떤 의뢰를 받고 싶소?"

"능력자가 관련된 것이라면 어떤 능력도 상관이 없습니다. 등급도 관계없고 말입니다."

"으음."

등급에 관계없이 의뢰를 수행하겠다는 것은 최소한 A급 능력을 가졌다는 소리였다.

2차 각성을 하지도 않고, 유물 능력자로도 보이지 않는데

A급 의뢰를 받겠다고 하니 이상한 모양이다.

— 기분이 나쁘군요. 하지만 뭐, 이해는 합니다. 한 번도 검증이 되지 않았으니 말입니다. 하지만 그분이 우릴 보냈다는 것을 잊지 마십시오.

제임스 윤에게 기세를 실어 텔레파시를 보냈다.

나와 영혼으로 엮인 현화에게 귀속된 존재이기에 영향을 받았는지 몸을 떤다.

"아, 알았소."

"참고로 우리에 대한 정보는 최고 등급으로 다뤄주기를 바랍니다."

"알겠소."

"그리고 의뢰는 여기로 보내주면 됩니다."

제임스 윤에게 사전에 제작한 명함을 하나 건넸다.

마도 네트워크상에서 받아볼 수 있는 메일 주소가 적혀 있는 명함이었다.

"아직 중개해 달라는 의뢰가 없으니 적당한 것을 들어오면 보내드리겠소."

"알겠습니다. 그러면 다음에 보도록 하지요."

대화를 끝내고 형과 함께 자리에서 일어나 커피숍을 나섰다.

"커피나 다 마시고 나오지그랬냐?"

"비싸기만 하지, 로스팅도 제대로 되지 않은 커피를 뭣 하러

마셔."

"그랬냐? 나는 괜찮던데."

"형 입맛이 그렇지 뭐."

"쩝, 오늘 일은 다 마쳤으니까 어디 가서 점심이나 먹자."

"어디로 갈 건데?"

"으음, 현화 씨도 일을 마칠 때가 다 됐으니까 학교 근처로 갈까 한다."

"학교 근처?"

"어차피 한동안 그곳에서 식사를 해결해야 하니까 먹을 만한 곳이 있는지 알아봤는데, 제법 괜찮은 곳이 있는 것 같더라."

"현화에게는 어디인지 알려줬어?"

"알려줬으니 시간 맞춰서 올 거다."

"그럼, 점심 식사 하고 하숙할 곳도 알아볼 거야?"

"그래야겠지."

"그런 난 어디 좀 다녀올게."

"설마, 공장에 가볼 생각인 거냐?"

"맞아. 가서 한번 살펴보려고 해."

"아직 그곳으로 갈 수 없다고 하지 않았냐?"

내가 작전에 투입되기 직전까지 그 근처에 갈 생각도 안 하는 걸로 알고 있던 형이 의문이 든 모양이다.

"감시하고 있는 자가 있을지도 모르지만, 걱정하지 마. 알아차리지 못하게 살펴만 보고 올 테니까 말이야.”

“알았다. 그때와는 상황이 달라졌으니까. 그래도 혹시 모르니까 조심해라.”

“쯧, 형은 또 사서 걱정한다.”

“네 실력은 알지만, 그때 상황을 보면 만만치 않은 자들인 것 같아서 하는 말이다.”

“알았어. 그나저나 찾았다는 음식점은 아직 멀었어?”

“이제 금방이다.”

멀리 학교가 보이는 것을 보니 형 말대로 다 온 것 같다.

형이 말한 음식점이 가까이 있기에 학교 안에 있는 주차장에 차를 대고 정문을 나섰다.

“저 집이야?”

“학생들 사이에서는 꽤나 유명한 집이다.”

“풍기는 냄새를 보면 그럴 것도 같네.”

“가자.”

형과 함께 들어간 음식점은 일종의 종합 분식점이었다.

내가 입맛이 조금 까다로운 편이라는 것을 아는 형이 데리고 올 정도라면 꽤나 유명한 집일 것이 분명했다.

‘괜찮은 것 같은데.’

안으로 들어서자 맛나분식이라는 이름답게 맛있는 집인지 방학 중에도 불구하고 대략 200여 석이 넘는 좌석이 학생들로 가득 차 있다.

손님들이 먹고 있는 것을 보니 반 정도는 얼큰해 보이는 라면과 군만두였고, 나머지는 메뉴들이 전부 대부분 달랐다.

라면과 군만두가 대표 음식이기는 하지만 메뉴판에 적힌 40여 가지의 음식을 전부 잘하는 모양이다.

"어서 오십시오."

"특선 라면 곱빼기 두 그릇하고, 군만두 사 인분 주세요."

아르바이트생으로 보이는 종업원이 오자 형이 내 의견도 묻지 않고 주문을 한다.

"알겠습니다. 오 번 테이블, 특선 라면 곱빼기 두 그릇하고, 군만두 사 인분이요."

아르바이트생은 주방 쪽을 향해 소리를 지르고는 다른 손님을 맞기 위해 자리를 떴다.

"여기는 내가 주문한 게 대표 메뉴란다. 나머지도 그에 못지 않고. 셀프서비스니까 물하고 반찬은 내가 가져오마."

"알았어."

음식을 만드는 것에는 젬병인 형이지만 먹는 것만큼은 맛 칼럼니스트 저리 가라인 사람이다.

자신하고 시킨 것을 보면 마도 네트워크에 들어가 열심히 검색을 했나 보다.

형이 물과 반찬을 가져온 후, 얼마 지나지 않아 특선 라면과 군만두가 나왔다.

"호오!"

"면발을 빼면 완전히 짬뽕 같지 않냐?"

"그렇기는 하네. 흐음, 냄새도 죽이고. 여기 만두도 맛있겠는걸."

라면이 4,000원, 군만두가 2,000원인데 비주얼이 장난이 아니었다.

라면은 구불구불한 면발만 아니라면 짬뽕이라고 볼 수 있을 만큼 푸짐해 보였고, 노릇노릇하게 튀겨진 군만두는 정말 먹음직스러웠다.

"먹자."

"그래, 형."

형과 나는 일단 그릇째 들고 국물을 들이켰다.

후르르륵!

"카아!"

"음, 죽이는 맛이다."

국물 맛이 기가 막혔다.

가성비 때문에 해물은 그다지 많지 않았지만, 채소를 푸짐하게 써서 그런지 베이스가 되는 국물이 아주 시원했다.

칼칼한 매운맛과 불 맛을 더해서 그런지 영락없는 짬뽕이었다.

그것도 고급 중식당에서나 맛볼 수 있는 그런 맛으로 말이다.

국물을 마시고 군만두를 집어 들었다.

미리 간장에 후춧가루 약간과 고춧가루를 많이 집어넣은 양념장을 만들어놨기에 살짝 찍어 맛을 보았다.

바삭함에 이어 쫄깃함이 이어지는 만두피의 식감과 안에서 터지는 육즙이 정말 최고의 군만두였다.

'정성 들여 빚은 만두를 찐 후에 차갑게 식혀서 기름에 튀긴 것이 분명하다. 그렇지 않으면 이런 맛이 나지를 않지. 정말 제대로 된 맛집이구나.'

그동안 먹어온 라면과 군만두들이 하나도 생각이 나지 않을 정도로 정말 괜찮은 맛이었다.

"먹자."

"먹어, 형."

맛보기가 끝난 후 본격적으로 먹기 시작했다.

라면을 흡입하고, 깍두기를 반찬으로 먹었는데, 조화가 기가 막혔다.

군만두는 만들어놓은 간장을 찍어 먹기도 하고, 다른 사람들처럼 라면 국물에 담가 먹기도 했는데, 아주 맛있었다.

정말 정신없이 먹었다.

"맛있는데 한 번 더?"

"당연한 소리를!"

형의 말에 주저 없이 동의를 했고, 아르바이트생을 불러 다시 한 번 주문을 했다.

제법 많은 양이었는데 음식이 나오자마자 순식간에 동이 났다.

"아주 좋네."

"정말 매력적인 맛이야."

"그러게."

음식 맛에 감탄하며 대화를 나누면서도 형과 나의 시선은 훤히 보이는 주방에서 열심히 음식을 만들고 있는 사람들에게 가 있는 중이다.

— 형, 능력자인 것 같지?

— 그런 것 같다. 이런 음식을 일반인이 만들기는 어려울 테니까.

우리가 먹은 음식에는 아주 미세한 양이지만 에너지가 담겨 있다.

일반 사람은 물론이고, 능력자라 할지라도 쉽게 알 수 없을 정도로 음식과 잘 융합이 되어 있지만, 형과 나는 속일 수 없었다.

스승님으로부터 배운 것은 능력자들이 가진 것과는 시작부터가 다른 것이라서 그렇다.

— 저기 나이 많은 사람일까, 아니면 저기 젊은 사람일까?

— 둘 다일 것 같은데.

— 둘 다?

— 그래, 형. 나이 드신 분 쪽이 만든 음식에 훨씬 더 많은 에너지가 담겨 있는 것 같아. 젊은 쪽이 만든 것은 약 반 정도 담겨 있고.

— 얼굴이 비슷한 것을 보면 부자지간인 것 같은데. 아무래도 전승자 같지?

— 아들로 보이는 쪽은 유물 능력자도 아니고, 진성 능력자도 아닌 것을 보면 그런 것 같아.

— 진성 능력자가 되면 정말 대단하겠군. 아직 2차 각성을 하지 않았는데도 이 정도면 말이다.

— 그런 것 같아.

대변혁이 일어나기 전부터 특별한 힘을 이어온 이들을 전승자라고 부른다.

오래전부터 무예나 특별한 기예를 통해 에너지를 다루는 이들을 통틀어 하는 말이다.

대변혁 이후 전승자의 2차 각성 비율은 보통 사람에 비해 압도적으로 높다.

어려서부터 관련 분야의 수련하기에 벌어지는 현상이다.

부자지간으로 보이는 두 사람은 요리와 관련한 전승자가 분명하다.

'전승자의 경우 대부분 직접적인 전투와 관련해서 각성하는데, 저 사람들은 음식을 통해 먹는 사람의 에너지를 북돋아주는 것을 보니 지원 계열의 능력을 각성할 것 같군.'

버퍼로서의 재능이 보이는 사람들이다.

특히나 아들 쪽으로 보이는 사람은 재능이 아주 충만해 보인다.

'정말 탐나는군.'

그다지 나이가 많아 보이지 않는 것을 보면 버퍼의 재능을 타고난 것으로 보인다.

아무래도 이곳에 자주 다니면서 안면을 익혀야 할 것 같다.

"뭐예요? 벌써 다 먹은 거예요?"

주방 안에서 열심히 음식을 만드는 두 부자를 보면서 생각에 잠겨 있을 때, 현화의 목소리가 들렸다.

"간단한 입가심이었으니 자리에 앉아."

"참나, 이걸 다 먹어놓고 입가심이라니……."

"우리도 다시 시킬 테니까 여기 대표 메뉴를 한번 먹어보세요, 현화 씨. 아주 끝내줍니다."

"같이 먹어주지 않아도 돼요."

현화가 일부러 같이 먹으려 한다고 생각하는 것 같지만, 절대 아니다.

"그런 생각은 하지 않아도 돼요, 현화 씨. 이제 겨우 두 번째

인데 여기서는 끝낼 수 없지요. 여기요."

우리의 대화를 듣고 있던 성진이 형이 아르바이트생을 불러 음식을 시켰다.

얼마 지나지 않아 특선 라면 세 그릇과 군만두 육 인분이 나왔다.

"세 번째로 먹는 거잖아. 그렇게 같이 먹어주려고 할 필요 없다니까."

"그런게 아니라니까. 형과 나는 아직 멀었어. 배가 반도 차지 않아서 말이야."

"정말?"

"그래. 여기 아주 맛있다. 어서 먹자."

현화로서는 이해가 되지 않겠지만, 본격적인 식사는 지금부터 시작이다.

라면과 군만두를 흡입하면서 같은 양을 또 시켰다.

눈을 동그랗게 뜨며 괜찮으냐고 묻는 현화에게는 대답할 시간도 아까워 고개만 끄덕여 보이면서 말이다.

수련을 하는 석 달 동안 스승님과 있으면서 제대로 된 음식을 먹어본 기억이 별로 없다.

건강이 많이 악화되신 터라 스승님의 식사는 고단백에 흡수가 쉬운 것으로 해드렸지만, 형과 나는 수련 때문에 스승님이 만드신 벽곡단으로 끼니를 때웠기 때문이다.

암자에서 내려온 후에 학교로 오면서 고속도로 휴게소를 들르기는 했지만, 거기서는 음식을 먹을 수는 없었다.

비록 석 달이지만 벽곡단으로 생활을 한 터라 위가 적응을 하지 못했기 때문이다.

하지만, 지금 먹고 있는 것은 달랐다.

음식 자체에 에너지가 담겨 있기도 하지만 먹는 이를 보호해 주니 말이다.

한마디로 말해서 지금 먹고 있는 음식은 우리와 궁합이 잘 맞는다는 것이다.

이것들만 그런 것인지 다른 음식들도 그런지 모르지만, 먹는 동안 부족하던 영양소가 채워지는 것을 느낄 정도였다.

우리가 주방에서 음식을 만드는 두 사람에게 주목한 것도 그 때문이다.

2차 각성을 하지 않았는데도 에너지를 늘려주고 부족한 영양을 즉각적으로 보충해 주는 것은 아무나 할 수 없는 일이기 때문이다.

현화가 한 그릇을 다 비우지도 못했는데 우리는 추가로 시킨 것까지 싹싹 다 비웠다.

"속이 더부룩하지 않아?"

"괜찮아. 이 정도 가지고 뭘."

"정말 대단한 위장이다."

내 말에 현화가 고개를 젓는다.

현화의 말에 나야 별다른 감정을 느끼지 못했지만, 쑥스러워하는 것을 보니 형은 아닌가 보다.

― 현화야, 음식을 먹으면서 뭐 느낀 거 없어?

― 지금 먹는 거 말이야?

갑작스러운 텔레파시에 현화가 젓가락으로 음식들을 가리키며 묻는다.

― 그래. 먹으면서 집중을 해봐. 너라면 느낄 수 있을 테니까 말이야.

― 알았어.

내 말에 현화가 군만두 하나를 한입에 넣고 천천히 씹기 시작했다.

집중을 하며 군만두를 음미하던 현화의 눈이 더할 나위 없이 커졌다.

― 어떻게 이게 가능한 거야?

― 나도 몰라. 하지만 저기 주방에서 일하는 두 사람이 전승자인 것 같아.

― 전승자라고는 하지만 내가 느끼지 못할 정도로 음식에 자신의 능력을 담아내다니, 놀랍다. 그것도 한 사람은 2차 각성도 하지 않은 것 같은데 말이야.

― 저 두 사람에 대해서 좀 알아봐 줘. 앞으로 우리 일에 도

움이 많이 될 것 같으니 말이야.

　― 팀원으로 찍은 거니?

　― 심성이나 주변 상황을 살펴봐야겠지만, 그래야 할 것 같아
서 말이야.

　― 알았어. 조사해 볼게. 어떻게 이런 능력을 가지게 됐는지
나도 궁금하니까 말이야.

　― 고마워.

　현화에게 조사를 맡겼으니 머지않아 부자지간으로 보이는 두
사람에 대해서 알 수 있을 것이다.

제 4 장

조사는 현화에게 맡겼으니까 됐고, 다른 것도 한번 먹어봐야 할 것 같다.

저들이 가진 능력이 다른 음식에도 적용이 되나 알아봐야 하니까 말이다.

특정한 개체나 조건이 맞는 것에 에너지를 주입하는 게 가능한 능력자들은 많지만, 모든 것에 그럴 수 있는 자는 없다고 할 수 있다.

우리가 지금 먹던 특선 라면과 군만두에만 에너지를 담을 수도 있을지도 모르기에 이제 다른 것도 먹어봐야 할 것 같다.

"형."

"이번에는 뭘 시킬까?"

"볶음밥!"

"콜!"

"성찬아, 또 시켜서 먹겠다는 거냐?"

"우리는 아직 배가 고프거든!"

"못 말리겠다, 정말."

현화가 고개를 흔들더니 주문을 하는 우리 모습이 많이 창피한지 눈을 내리깐다.

그래도 할 수 없는 일이다.

2차 각성을 위한 팀을 꾸리기 위해서는 정말 중요한 일이니 말이다.

여러 종류의 음식을 시켜서 먹어봐야 하니 아무래도 오늘은 음식 값이 꽤 나올 것 같다.

크림 스파게티는 여학생을 위해 개발한 메뉴다.

간혹 남학생이 시키기도 하지만 여자랑 같이 왔을 때가 대부분으로, 남자들은 그다지 좋아하지 않는 메뉴다.

크림 스파게티처럼 여자들은 좋아하지만 남자들이 잘 찾지 않는 메뉴를 시키고는 게 눈 감추듯 먹어 치우고 있는 두 사람을 보며 박근호가 고개를 저었다.

"아버지, 저 사람들 정말 괜찮을까요?"

특선 라면과 군만두를 연거푸 시켜 먹고 난 뒤, 메뉴판에 있는 음식들을 하나하나 시키며 계속 먹어 대고 있는 두 사람을 보며 걱정이 된 근호가 물었다.

"능력자들 같으니 괜찮을 거다."

"저랑 나이도 비슷해 보이는 것 같은데 능력자라고요?"

"그렇지 않으면 저 많은 양을 먹을 수 있겠냐? 걱정하지 말고 음식 만드는 데 집중해라."

"예, 아버지."

아버지의 말에 박근호는 다시 음식을 만드는 일에 집중하기 시작했다.

박근호는 차원정보학과에 입학 서류를 제출한 상태다.

적성검사는 자신이 있지만, 지금 그에게는 적성검사보다도 더 어려운 일이 있었다.

박근호는 아버지가 개발한 음식들을 모두 배우는 조건으로 차원정보학과에 가는 것을 허락받았다.

그것도 입학하기 전까지 모두 배워야 했다.

'적성검사보다 어려울 것 같지만 꼭 해낸다.'

야간 학과라고 해도 차원정보학과는 만만한 곳이 아니다.

지금은 이렇게 낮 시간대에 아버지를 도와 음식을 만들며 여유롭게 배워왔지만, 합격을 하고 나면 예전처럼 할 수 없을 것이 분명했다.

다른 것에 정신을 팔 시간이 없는 박근호는 다시 성진과 성찬이 주문한 것을 만드는 데 집중했다.

마음을 가다듬고 한결같은 시선과 손놀림으로 음식을 만들고 있었다.

박근호에게서 정체 모를 에너지가 조리기구 안으로 스며들더니, 만들고 있는 음식에 골고루 코팅이 되고 있었다.

이런 사실을 알고 있는 것은 성진과 성찬, 그리고 현화뿐이었다.

당사자인 박근호조차 자신에게 이런 현상이 벌어지고 있다는 것을 하나도 느끼지 못하고 있었다.

코를 간지럽히는 건강한 냄새와 함께 맛있어 보이는 것에만 집중하고 있기 때문이다.

'이번에 김치볶음밥은 꽤 잘 나왔어. 오늘 메뉴에 있는 것은 다 먹을 기세니까 한번씩은 만들어볼 수 있겠다.'

김치볶음밥을 접시에 담으며 박근호는 성진과 성찬이 주문을 기다렸다.

역시나 김치볶음밥에 숟가락을 대기도 전에 주문을 한다.

아르바이트생의 목소리가 들리기 무섭게 박근호는 재료를 찾고 있었다.

차원통제사

＊　　　＊　　　＊

2차 각성을 하지 않았지만, 진성 능력자에 버금가는 능력을 가지고 있다는 것을 알고 있으면서도 현화는 믿을 수가 없었다.

처음 먹은 특선 라면과 군만두를 제외하고도 다른 메뉴로 각자 30인분이 넘어가는 음식을 첫 주문인 것처럼 아주 맛있다는 듯이 먹고 있는 두 사람이 불가사의했기 때문이다.

'완전히 블랙홀이네.'

혹시나 해서 살짝 배를 쳐다봤지만 부풀어 나온 기색도 없이 연신 맛있다며 숟가락을 놀리고 있는 두 사람을 보며 현화는 자신이 알아낸 것들을 텔레파시로 성찬에게 전하기 시작했다.

― 지금 학교에서 야간 학과를 개설하며 교수진들을 대폭 모집하고 있는 중이야.

― 어느 정도지?

― 현재 인원은 그대로 주간 학과를 담당하고, 별도로 야간 학과 교수들을 모집하는 것으로 봐서는 다섯에서 여섯 명인 것 같아.

― 수준은 어느 정도인지 파악은 됐어?

― 최소 A급으로 진용을 갖추려는 것 같아.

― 쉽지 않을 텐데?

─ 누군가가 나선 것 같아. 학교 측에서는 교수진 영입에 그다지 열의를 보이지 않는데도 걱정을 하는 모습은 전혀 아니었거든.

─ 그럴 수도 있겠군.

─ 너 혹시… 아는 거 있어?

무덤덤한 대답에 뭔가 알고 있을 것 같은 생각이 든 현화가 물었다.

─ 짐작이 가는 곳이 있기는 하지만 확실한 건 아니야.

─ 네가 전에 말했던 센터라는 곳을 생각하는구나.

─ 거기는 지금 사정이 복잡해서 교수진까지 신경을 쓸 여유가 없어.

─ 그럼 혹시…….

─ 맞아. 그곳이 아니면 그런 정도의 교수진을 구축하기는 힘들 거야.

─ 거기도 정신없기는 마찬가지 아니야?

중국과 치열한 첩보전을 하고 있는 국가정보원이 그런 여유 인력이 없을 것이라는 생각이 든 현화가 물었다.

─ 국가정보원 제7국은 비밀이 많은 곳이야. 그러니 속단할 수는 없어.

'하긴…….'

대차원에 속한 차원들과의 교류를 제일 먼저 시작한 곳이 바로 국가정보원 산하에 있는 제7국이었다.

제7국에 얼마나 많은 수의 괴물 같은 존재들이 있을지 짐작조차 할 수 없기에 대류천안마저 자존심을 접을 정도다.

대차원을 담당하지만 다른 국들의 지원 요청이 생기면 바로 뛰어들어 완벽하게 해결하기에 대류천안에서도 대한민국 내에서의 직접 작전을 자제하고 있을 정도다.

— 교수진들이야 학교에서 알아서 채울 테니 그것은 됐고. 입학 서류를 제출한 이들에 대한 것은 어때?

— 쓸 만한 자들이 꽤 많아. 특히나 너와 같이 야간 학과에 서류를 제출한 이들 중에는 나도 탐날 만큼 인재들이 넘쳐.

— 그거 괜찮네.

— 영입 작업은 바로 들어갈 수 있게 준비를 끝냈는데, 언제 시작할 거야?

— 바로 시작을 할 거야.

— 그럼 저기 주방에 있는 박근호라는 사람부터 영입해.

— 저 사람도 야간 학과에 입학 서류를 냈어?

— 그래. 현재까지 살펴본 바로는 저 사람이 제일 확률이 높아.

— 후후후, 그럼 여기 자주 와야겠네. 나머지 정보는?

— 바로 인식시켜 줄게.

— 고마워.

진현화는 자신이 알아낸 정보들을 성찬에게 곧바로 인식을 시켰다.

의식으로 연결이 된 상태라 정보를 전하는 것은 그야말로 찰나에 불과했다.

— 이제 본격적으로 운용이 되고 있으니 당분간 학교 일은 도와주기 힘들지도 몰라.

— 우리가 알아서 할 테니까 그런 것은 걱정하지 말고.

— 알았어. 그럼 나는 이만 가볼게.

— 그래. 잘 가.

진현화는 자리에서 일어나 성진에게 고개를 숙여 인사를 한 후 자리를 떴다.

— 이야기는 다 나눈 거냐?

— 입학생들 정보는 모두 얻었어. 이제 몇 가지 남지 않았으니까 얼른 먹고 하숙할 곳을 알아보자, 형.

— 그래. 알았다.

"저기요?"

대화를 끝낸 성진이 근처에서 서빙을 하고 있는 아르바이트생을 불렀다.

"부, 부르셨습니까?"

"우리가 먹은 것 말고 나머지 메뉴들도 시간 맞춰서 계속 내줄 수 있어요?"

"가능하기는 합니다만……."

아르바이트생이 질린다는 표정으로 두 사람을 보며 대답을
한다.

"걱정하지 말고 그렇게 해줘요."

"알겠습니다."

주문을 받은 아르바이트생은 소리를 치지 않고 곧장 주방 쪽
으로 달려가 주문을 넣었다.

오늘은 박근호가 그동안 배워온 모든 메뉴들을 손님에게 선
을 보이는 첫 번째 날이었다.

다른 손님들이 질린 얼굴로 우리를 쳐다봤지만 시킨 음식을
다 먹고 계산까지 마친 후, 박근호와 그의 아버지가 운영하는
음식점을 나왔다.

입으로 넣는 족족 음식을 분해하고 에너지로 흡수한 탓에 전
보다 활력이 넘쳤다.

박근호가 부여하는 버퍼로서의 능력이기도 하지만 스승님께
배운 특별한 수련 덕분이기도 하다.

— 형, 질리지도 않겠어?

— 몇 달을 계속해서 한 가지만 먹어도 되겠더라. 확실히 우
리처럼 전승자가 맞는 것 같다.

— 형 말이 맞을 거야. 현화의 정보로는 두 사람은 부자지간이고, 아들인 박근호는 우리처럼 야간 학과에 입학원서를 제출한 모양이야, 형.

— 그럼 영입 대상 일 순위네.

— 나이를 보니까 형하고 나이가 동갑인 것 같은데, 한번 친하게 지내봐.

— 알았다. 어차피 입학을 하게 되면 매일 보게 될 테지만, 미리 안면을 터두는 것도 좋겠지.

— 그래, 형.

— 일단 공인중개사로 가자. 방학이라 하숙이 빠진 곳이 많을 테니 쉽게 구할 수 있을 거다.

— 그러자.

학교 근처에 있는 부동산 공인중개사를 찾아가 하숙집을 알아봤다.

공인중개사로부터 전국에서 학생들이 몰려드는 탓에 하숙보다는 원룸 형태의 집들만 있다는 이야기를 듣고 곧바로 계약을 했다.

새로 지어진 오피스텔 중에서 형과 내가 각각 쓰게 될 원룸을 계약했는데 학교 바로 옆에 붙어 있어 아주 좋았다.

"입주는 곧바로 하면 되고, 밥이야 아까 그곳에서 해결하면 될 테니 필요한 것들만 사면 끝나겠다, 성찬아."

"형, 나는 따로 움직이면 안 될까?"

"어디 가게?"

"지금 공장에 한번 가보려고."

"마음이 급한가 보구나. 그래, 다녀와라. 아까 말했던 것처럼 조심하고."

"알았어."

할 수 없다는 듯 승낙을 한 성진이 형을 뒤로하고 곧바로 버스 정류장으로 갔다.

학교에서 버스를 타고 열 정거장도 안 되는 곳에 큰아버지와 아버지의 공장이 있어서 그런지 마음이 급해졌다.

능력자가 아니면서 센터에 들어가고 게이트와 관련한 일을 하게 된 것은 큰아버지와 아버지의 일 때문이다.

두 분은 센터에서 독립해 차원 관련 장비를 제작하는 회사를 설립했고, 잘 운영해 나가시다가 부도를 맞았다.

부도가 나서 회사가 망할 수도 있는 일이었지만, 두 분의 경우는 아주 이상했다.

갑작스러운 자금 압박에 뒤이어, 캐시 카우가 되어주던 장비를 제작하던 공장에서 불이 나면서 여러 가지로 일이 꼬였다.

그것만이 아니었다.

장비 제작 의뢰를 준 회사로부터 고소를 당하더니 갑작스럽게 체포가 되고, 횡령과 배임 등의 죄목으로 지금은 교도소에 수감되어 있는 중이다.

당시 군에 있던 우리들에게는 정말이지 청천벽력과 같은 소식이었다.

이상한 일은 또 있었다.

전역이 얼마 남지 않은 우리 둘은 곧바로 군을 나와 교도소로 가 두 분에 대한 면회 신청을 했지만 당국으로부터 허가가 떨어지지 않았다.

몇 번에 걸친 면회 신청이 거부되자 이상함을 느낀 형과 나는 조사를 해봤다.

아무리 봐도 당국의 행태가 수상하기 때문이었다.

그리고 두 분에게 벌어진 일련의 일들이 심상치 않다는 것을 알았다.

큰아버지와 아버지는 지금까지 제작된 것들과는 차원이 전혀 다른 장비를 제작하고 있는 중이었고, 그로 인해 새로 만들어지는 장비에 욕심을 낸 누군가의 음모에 휘말렸다는 것을 알아낼 수 있었다.

몇 번 공장을 찾아갔다가 내가 가진 심연의 심안으로 누군가 공장을 감시하고 있다는 것을 알았다.

공장을 들른 지 얼마 지나지 않아 감시자들이 우리에게 촉수를 뻗어왔다.

한 놈을 잡아 심문을 해보니 당시 공장에 불이 난 것은 방화가 원인이었다.

제작하던 장비들을 음모의 주재자들에게 넘기지 않기 위해 큰아버지와 아버지가 일부러 불을 지른 것이었다.

두 분이 일하던 공장을 확인하기 위해 갔을 때, 아주 위험한 일을 겪을 뻔했다.

그곳에서 감시자들을 만났다. 놈들이 그때 했던 대화로는 아직 두 분이 장비를 제작하던 방법을 알아내지 못한 모양이었다.

우리가 두 분의 아들이라는 것을 알자마자 놈들은 우리를 잡기 위해 필사적으로 달려들었다.

우리를 인질로 잡아 교도소에 수감되어 있는 큰아버지와 아버지를 설득하기 위해서 말이다.

당시 본능적으로 위험이 느껴져 스승님과 같이 갔기에 망정이지, 그러지 않았다면 우리 둘은 무슨 일을 당했을지 모른다.

당시에는 능력을 발휘할 수가 없는 상태였으니 말이다.

자칫하면 큰아버지와 아버지도 위험할 뻔했다.

만약 놈들이 우리를 인질로 잡고 협박을 해서 두 분으로부터 장비 제작법을 얻어 냈을 테고, 새로운 차원 관련 장비에 대한 정보를 모두 얻게 된다면 틀림없이 모든 흔적을 지우려 했을 테니 말이다.

'네놈들 차례다.'

이제는 놈들을 정리할 차례다.

어떤 놈들이 두 분이 만든 것을 노리는지는 몰라도 아예 생각
지도 못할 정도로 밟아버릴 생각이다.

이제 나에게 그럴 만한 힘이 생겼으니 말이다.

공장으로 곧장 가지 않았다.

일자산으로 오르는 반대편 등산로 근처까지 가서 버스에서
내렸다.

─ 스페이스, 준비해 줘.

─ 일자산 전역과 마스터께서 지정하신 모든 지역의 좌표를
갱신합니다.

스페이스의 말이 끝나기 무섭게 망막으로 홀로그램이 갱신되
어 나타났다.

스페이스가 정보를 수집하고 그것을 시각화한 것이다.

버스에 탈 때부터 켜고 있던 것인데, 갱신된 정보에 변한 것
은 아무것도 없었다.

─ 일단, 산 위에서 비트를 파고 숨어 있는 놈들부터 처리할
생각이니까 공장을 감시하는 놈들이 알아차리지 못하도록 인식
차단 결계 칠 준비를 해놔.

─ 알겠습니다, 마스터.

공장을 감시하고 있는 놈들은 두 명이 한 팀으로 모두 여섯
개 팀이다.

산 위에서 비트를 파고 있는 세 개 팀과 공장 주변을 감시하

는 세 개 팀이 있다.

우선, 원거리 감시를 하는 놈부터 처리할 생각이다.

주변 상황을 파악하고 음모의 주재자들에게 제일 먼저 보고를 하는 자들이기 때문이다.

일단 놈들을 잡고 어디로 연락을 하는지 파악을 한 후에 거슬러 올라가며 뿌리를 캘 생각이니 말이다.

아직 겨울이라 밤이 빨리 와서 그런 것인지 일자산 중턱에 오를 무렵 어둠이 찾아왔다.

곧바로 전투 슈트를 생성시키고 에너지와 기척을 완전히 죽인 채 첫 번째 비트를 찾았다.

놈들의 비트 위로 몸을 날렸을 때는 스페이스가 이미 인식 차단 결계를 친 상태라 들킬 염려는 없었다.

퍼퍽!

땅을 파고 숨어든 두더지들에게 비검을 하나씩 날려줬다.

땅거죽을 뚫고 들어간 비검이 놈들의 뒤통수를 뚫는 순간, 곧바로 몸을 날렸다.

두 번째 비트와 세 번째 비트에 있는 자들도 같은 방식으로 처리를 했다.

죽이지는 않았지만 의식을 제압한 상태라 이제 작업할 일만 남았다.

― 스페이스, 세뇌 마법을 준비해.

― 알겠습니다, 마스터.

지난 석 달 동안 성장을 이룬 것은 나만이 아니다.

스페이스, 또한 눈부신 성장을 했다.

망막에 비춰진. 나 혼자만 볼 수 있는 홀로그램 또한 그 성과 중 하나다.

발현할 수 있는 마법 또한 엄청나게 늘었다.

10단계로 되어 있는 마법 중에서 6단계 정도는 능숙하게 사용할 수 있게 되었다.

사실 스페이스가 발현할 수 있는 마도학의 마법들은 내가 의지로 어느 정도 사용 가능해야 한다는 전제가 붙기에 나 또한 6단계에 들어섰다고 할 수 있었다.

나도 사용할 수는 있지만 스페이스처럼은 완벽하게는 아니다.

인식되어 있는 마법들을 의식으로 표출에 현상만 구현할 수 있기에 정교하기로 따지면 스페이스가 발현하는 것이 백배는 낫다.

세뇌 마법은 5단계에 속하는 마법으로 일반적으로 알려진 다른 세뇌 마법과는 차원이 다른 것이다.

나보다 훨씬 정밀하게 발현할 수 있는 스페이스라면 음모의 주재들이 알아차릴 수 없게 완벽하게 제압할 수 있을 것이다.

― 마스터, 세뇌 작업이 끝났습니다.

― 놈들의 의식을 헤집어봤어?

― 정보가 많지 않습니다. 이자들이 그저 하수인에 불과하기도 하지만 투입된 지 얼마 되지 않아서 그런 것 같습니다.

― 하수인?

― 지금 제압한 자들은 해결사들입니다. 저기 공간 근처에서 잠복한 채로 감시를 하고 있는 자들도 마찬가지입니다. 그리고 이들이 투입된 것은 불과 이틀 전입니다.

― 해결사라… 재미있군. 그럼 누가 큰아버지와 아버지를 그렇게 했는지에 대한 정보는 없다는 거네?

― 그렇습니다. 지금 감시를 맡고 있는 자들 말고도 다른 해결사들이 두 개 조로 번갈아가며 운용이 되고 있다고 합니다.

세 개 조로 여섯 개 팀이 번갈아가며 공장을 감시하고 있다는 소리였다.

― 교대 시간이 어떻게 되는지 알아냈어?

― 하루씩 세 개 팀이 번갈아가며 감시를 하고 있는 상황입니다. 상황을 정확하게 알려면 일단 공장 쪽에 있는 자들도 제압을 해야 할 것 같습니다.

― 알았어.

산을 내려오며 모습을 감췄다.

마도학으로 구분할 때 5단계인 투명화 마법이다.

공장 주변에 매복을 한 채로 감시를 하고 있는 자들은 알아차리지 못할 터였다.

공장 주변을 돌며 비검으로 놈들을 제압했다.

석 달간의 수련으로 인해 비검의 사용법이 익숙해진 탓에 지금처럼 세게 던져 이마를 파고든다고 해도 놈들이 죽을 염려는 없다.

나머지 세 개 팀을 전부 제압하고 이번에도 세뇌 마법의 발현을 부탁했다.

마법을 발현할 때마다 최상급 마나석을 사용하기에 효율이 떨어지기는 하지만 내 아공간에는 어마어마한 마나석이 쌓여 있으니 걱정을 할 필요는 없다.

― 스페이스, 관련된 정보들을 심고 아무 변화 없이 임무를 수행하도록 조작을 해줘.

― 예, 마스터.

― 그리고 미치지 않도록 신경도 좀 쓰고.

― 걱정하지 마십시오, 마스터.

앞으로 두 번 이 짓을 해야 한다.

음모의 주재자들이 모르도록 완벽을 기해야 하는 터라 스페이스에게 당부를 했다.

더군다나 이자들은 전부 A급 유물 능력자들이니 죽이기보다는 써먹을 만큼 써먹는 것이 좋다.

'죽여서는 곤란하지.'

세뇌를 모두 마친 후, 공장터로 갔다.

화재가 난 뒤 제대로 철거를 하지 않아 폐가나 다름없는 모습으로 변해 버렸지만 기분이 좋았다.

어렸을 적의 추억이 담겨 있는 곳이기 때문이다.

— 스페이스, 아르고스의 운을 펼쳐 봐.

나와 하나가 되어 있는 아이템을 떠올렸다.

공장에 무엇이 있는지 확인하기 위해서다.

두 분이 공장에 불을 지른 이유가 만들고 있는 것을 빼앗기지 않기 위해서다.

조사한 바로 당시의 상황은 급박했고, 만들던 장비를 어디로 빼돌릴 만한 여유가 없었을 것이라는 판단하에 아르고스의 눈으로 잔해를 뒤졌다.

'역시 비밀스러운 곳이 존재를 하는군. 덕지덕지 설치한 인식 차단 장치도 그렇고, 방어 기제를 보니 아예 A급을 상정한 것이 분명하다.'

지하에 커다란 공간이 두 개 있다.

하나는 불타 버린 공장에, 다른 하나는 그 옆의 창고 쪽에 있다.

천천히 걸어서 창고가 있는 쪽으로 갔다.

공장 지하에 설치된 방어 기제는 솔직히 나라고 해도 통과하기에는 두려울 정도로 위험한 느낌이 강하게 들기에 방향을 바꾼 것이다.

'저기가 메인이겠지만, 창고 쪽도 만만치 않다.'

세너가 된 감시자들이 지켜보고 있는 가운데 창고가 있는 곳으로 갔다.

— 저건 뭐지?

문에 알 수 없는 에너지 흐름이 느껴졌다.

혹시나 내가 놓친 자들이나 감시 기구가 있을지도 몰라 스페이스에게 물었다.

— 마스터, 봉인 마법과 보호 마법이 설치되어 있는 것으로 보입니다.

— 수준은 어떤 것 같아?

— 지하 벙커에 설치되어 있는 결계보다 한 차원 높은 겁니다. 해제 방법을 모르고 건드렸다가는 S급 진성 능력자라고 할지라고 심각한 부상을 입을 수 있는 전격 마법이 발현이 됩니다. 전격 마법을 방어한다고 해도 다른 문제가 있습니다. 기관이 연결되어 있어서 하나가 발동되면 일곱 단계에 걸쳐 무작위로 공격이 이루어지는 것입니다. 이런 수준의 보호 장치가 걸려 있다니 저로서도 의외입니다.

— 스페이스, 뚫을 수 있겠어?

— 걱정하지 마십시오. 마도학으로 따지면 8단계 수준을 상회하지만 충분히 뚫을 수 있습니다.

— 그럼 한번 해봐.

찰칵!

스페이스에게 해제를 맡기고 잠시 기다리니 경쾌한 소리가 들렸다.

문 앞에 달려 있는 커다란 자물쇠가 움직이기 시작했다.

'희한하군. 잠금장치가 열리는 것이 아니라 그 자체로 변화해 통로를 구성하다니 말이야.'

겉으로 보기에는 자물쇠로 보였지만 통로를 만드는 마법 장치이자 기관 장치였다.

— 마스터, 마법을 해제하고 기관 장치를 해제하기는 했지만 다른 것이 나타났습니다.

— 다른 것이라니?

— 해제가 끝나자 인식 장치가 나타났는데, 이건 저로서도 풀 수가 없는 겁니다.

— 너도 풀 수 없는 거라니, 이상하군.

— 마법적인 것이기는 하지만 유전정보와 생체 정보를 활용한 것이라 그렇습니다.

— 으음, 골치 아프군.

— 그래도 다행인 것은 인식 장치에 설치된 유전정보의 패턴 인식을 살펴보면 마스터의 유전정보와 대부분 일치한다는 겁니다. 마스터의 유전정보를 토대로 만들어진 보안장치가 확실합니다.

― 그렇다는 말이지.

군에 입대하기 전에 아버지를 만난 적이 있었다.

성진이 형과 같이 만났는데 아버지는 우리 두 사람의 혈액 샘플을 채취했다.

'어쩌면 형하고 내 유전정보로 저곳을 열 수 있을지도 모르겠군.'

― 스페이스, 유전정보 인식 방법은 어떻게 하는 거지?

― 문에 만들어진 터널 마법 위로 양 손바닥을 대시면 될 것 같습니다.

― 알았어. 한번 대보도록 할게.

― 위험합니다, 마스터.

― 걱정하지 마.

아버지는 분명히 나와 성진이의 유전정보를 저 장치에 기록해 뒀을 것이다.

그렇지 않다면 혈액 샘플을 채취하지 않았을 테니 말이다.

문으로 다가가 마법진 위로 양 손바닥을 댔다.

<u>스르르르</u>

손이 문 안으로 빨려 들어갔다.

팔과 어깨, 그리고 몸까지 수면으로 잠겨들 듯 창고 안으로 들어갈 수 있었다.

어둠만이 물들어 있는 공간이라 안에 무엇이 있는지 전혀 확인이 되지 않는다.

　더군다나 심연의 심안으로도 보이지를 않는다.

　"여긴 어디지?"

　— 창고와는 전혀 다른 공간입니다.

　"공간 왜곡장인 건가?"

　— 아닙니다. 어디인지는 모르지만, 전혀 다른 공간인 것이
확실합니다.

　"좌표는?"

　— 그것도 확인을 할 수가 없습니다만, 차원의 경계를 넘지
않았으니 지구상에 있는 공간이라는 것은 틀림없습니다.

　"창고와는 전혀 다른 곳으로 이동을 했는데, 어디인지는 모
르겠다는 말이로군."

　— 그렇습니다.

　창고가 아니라 전혀 다른 공간이고, 스페이스조차 확인을 할
수 없단다.

　스킨 패널로도 주파수가 잡히지 않아 어디인지 전혀 알 수가
없는 상황이다.

　'안에 뭐가 있는지 알아야 움직이기라도 할 텐데……'

　파파파팟!

　갑자기 등이 켜지며 어둠이 물러나고 알 수 없는 공간이 모습
을 드러냈다.

"으음."

길이를 알 수 없는 통로다.

양옆으로는 알 수 없는 기계장치들이 길게 늘어져 있는데, 장비를 만드는 생산 라인인 것 같다.

"스페이스, 뭘 만드는 라인인 것 같아?"

─ 저도 모르겠습니다.

'으음.'

인식 장치와 공간, 그리고 생산 라인으로 보이는 기계 장치.

흥미롭게도 오늘 스페이스가 모르겠다고 대답을 한 것이 벌써 세 번째다.

'아버지, 아버지는 도대체 어떤 분이십니까?'

센터에 들어와 그동안 아버지가 만든 것들을 회수했다.

차원 간의 교류가 일어나고 난 뒤, 비약적인 기술의 발전과 비의들이 전해졌지만 그것을 한참 뛰어 넘은 장비들이다.

더군다나 마도학의 10단계 모두 알고 있고, 지구 대차원에 속한 정보도 전부 인식하고 있는 스페이스도 알 수 없는 것을 다루는 아버지다.

그동안 아버지에 대해 잘 안다고 생각했는데, 도무지 알 수 없는 분이란 생각이 든다.

'일단 살펴보자.'

양옆에 길쭉하게 설치된 생산 라인으로 따라 발걸음을 옮겼는데, 길이가 거의 1킬로미터에 가까웠다.

끝에 도착하자 공간이 넓어졌다.

그리고 그 공간에는 차원 메탈을 담던 것과 같은 형태의 카트리지들이 빼곡하게 쌓여 있었다.

양쪽 모두 정확하게 백 개씩이었다.

두 무더기로 쌓여 있는 카트리지 중에 오른쪽으로 가서 하나를 열었다.

'전투 슈트다. 그것도 아버지가 만들던 초기 형태에서 한참 업그레이드된 최신형이다. 그렇다면…….'

왼쪽으로 가서 쌓여 있는 카트리지 중에 하나를 열었다.

안에 수북하게 들어 차 있는 차원 메탈을 볼 수 있었다.

'들어가는 재료들은 쉽게 구할 수 없는 것일 텐데 아버지는 이것들을 어떻게 만드셨던 거지? 더군다나 팔려고 만든 물건도 아닌 것 같고…….'

전투 슈트와 차원 메탈을 진성 능력자가 입을 경우 가히 몇 배에 달하는 능력을 발휘할 수 있다.

카트리지의 개수로는 각각 백 개씩이기는 하지만 가히 엄청난 양이라고 할 수 있다.

이 정도 양을 만들려면 국가에서 전력을 기울여야 재료를 조달할 수가 있기 때문이다.

"스페이스, 생란 라인을 이 공간에서 분리할 수 있는지 알아봐 줄래?"

— 그렇지 않아도 탐색을 해봤는데, 공간에 고정된 것이 아니라 분리가 가능합니다.

"생산 라인을 아공간으로 수납할 테니까 스페이스가 어떻게 작동하는 생산 라인인지 살펴봐."

— 알겠습니다.

스페이스의 말을 듣고 생산 라인은 물론이고, 적재된 카트리지를 전부 아공간에 수납했다.

공간을 차지하고 있는 것들을 전부 아공간으로 수납하고 난 뒤에 내부를 살폈다.

내가 서 있는 공간은 대리석과 비슷해 보이는 석재로 둘러싸인 곳이었는데 상당히 넓었다.

중간에 기둥이 하나도 없는데도 하중을 견디는 것을 보면 마법적인 처리가 된 것이 분명해 보였다.

'아버지가 만든 것은 아닐 것이다. 어디……'

상당히 고풍스러워 보이고 석재들도 세월의 흔적이 느껴지기에 아버지가 만든 것으로는 보이지 않았다.

"스페이스."

— 예, 마스터.

"이 공간 말이야. 언제쯤 만들어진 걸까?"

— 잠시만 기다리십시오.

스페이스가 조사를 끝마치기를 기다렸다.

― 마스터, 조사가 끝났습니다.

"그래, 어느 정도나 된 거야?"

― 정확한 수치는 아니지만 최소 십 만년에서 최대 백 만년 사이에 만들어진 것으로 추정이 됩니다.

"뭐?"

내가 보기에는 그저 일이백 년 정도 된 것으로 보였는데 놀라지 않을 수 없었다.

― 그리고 하나하나 쌓아서 만든 것이 아니라 거대한 암석을 단번에 잘라서 만들어진 공간이 분명합니다.

"그러니까 거대한 암석을 이용해 한번의 손길로 만들었다는 거야?"

― 그렇습니다. 그리고 공간 유지를 위해 각종 마법들이 걸려 있는 상태입니다.

"미치겠군."

엄청난 일이 아닐 수 없었다.

지름이 1킬로미터가 넘는 암석을 이용해 단 한번의 손길로 이런 공간을 만들어내는 것은 초월자라도 불가능한 일이기 때문이다.

그저 단순한 석실 같지만 여러 가지 마법으로 도배가 되어 있는 상태다.

구조물을 만든 것도 엄청난 일인데 마법을 부여해 구조물을 유지하게 만들었으니 기가 막힌 일이 아닐 수 없었다.

"스페이스, 이런 공간을 만드는 것은 초월자도 불가능한 일이야. 어떻게 한 거지?"

─ 초월자라면 불가능하겠지만 창조의 영역에 들어선 존재라면 가능합니다.

"그럼 신이 직접 만든 것이라도 되는 거야?"

─ 그렇습니다. 신역에 한 발짝 내딛은 존재라면 가능한 수도 있겠지만, 신성을 훼손할 수도 있으니 최소한 하급 신 이상이 개입한 공간이 틀림없습니다.

"으음……."

초월의 영역에 든 이도 함부로 만들 수 없는 것이라는 뜻이기에 저절로 신음이 흘러나왔다.

'이런 곳이 있다는 것이 세상에 알려지기라도 한다면 감당이 어려워진다.'

대변혁 이전에, 그것도 아주 오래전에 신이 세상에 직접 관여한 흔적이다.

우연치 않게 알게 되었지만, 지구의 상황을 생각하면 머리가 아프다.

내가 이렇게 고민하는 것은 종교계 때문이다.

종교계에 이런 곳이 있다는 것이 알려지면 앞으로의 상황이 어떻게 변할지 나로서도 알 수 없기 때문이다.

지구 대차원에 연결된 차원 간의 교류가 이루어지고 타 차원의 문물이 차츰 지구에 알려지면서 지구의 종교에도 많은 변화가 일어났다.

특히나 다른 차원에는 신이 진짜 존재한다는 것과 그 신들의 힘이 신성력이라는 것을 통해 현실에서도 신의 힘이 발현된다는 사실은 충격적이었다.

신이 실존한다는 것이 확인이 되었기 때문이다.

그리고 신들과 연관된 기물이나 유물, 골동품들로 인해 각성을 한 유물 능력자라는 존재가 나타나면서 종교인들은 그동안 자신들이 믿어오던 신에 대해 의문을 품기 시작했다.

평소 성물이라 일컬어지는 것을 관리한 탓인지 유물 능력자 중 상당수는 종교인이었다.

유물 능력자가 된 성직자들은 대부분 독실하고 신앙심이 강한 이들이었다.

이런 상황이 종교계에 미친 파급력은 상당했다.

종교를 사욕을 채우는 수단으로 택한 자들이나, 자신의 신만이 최고라고 떠들던 광신도들 중에는 유물 능력자가 된 이들이 하나도 나타나지 않았기 때문이다.

그뿐만이 아니었다.

대변혁이 일어나고 5년이 지날 무렵, 각 종교계마다 신앙심을 확인할 수 있는 성물이 나타나면서 개혁의 광풍이 벌어졌다.

성물을 통해 신앙심을 확인하는 절차를 거치면서 일반 사회와는 다른 차원의 정화가 이루어졌기 때문이다.

성물이 나타나자 평소 존경을 받는 유력 종교인들은 그 앞에 설 수밖에 없었고, 성물의 영향으로 자신의 비리를 고백하고, 참회하며 대부분 스스로 종단을 떠났다.

진실한 종교인이 아닌 이들이 더 이상 감언이설로 신도들을 모으거나 현혹할 수 없게 되어버린 것이다.

그렇게 개혁이라고 할 만큼의 변화가 일어나 그 어느 때보다 깨끗해지기는 했지만, 종교계는 지금 아주 위험한 상황이다.

각 종교에서 믿는 신에 대해서 의심하는 사람들이 점차 늘어나고 있기 때문이다.

그 이유는 그동안 신성력을 가진 유물 능력자가 나타나기는 했어도 신실한 믿음만으로 신성력이 생긴 종교인이 하나도 나타나지 않았기에 벌어진 현상이었다.

일반적인 유물 능력자들과는 달리 종교계의 유물 능력자들은 폭주하는 경우가 없었다.

더군다나 믿음으로 신성력을 얻는 이가 나타나지 않자 사람들은 종교계의 유물 능력자들은 차원에서 말하는 매직 아이템 같은 것을 얻어서 능력을 발휘하는 것뿐이라고 생각하기 시작한 것이다.

무엇보다 다른 차원에서 빈번히 나타나는 신탁이나 현신, 그리고 신이 직접 만들었다는 신물 같은, 신이 실존함을 나타내는 현상이 단 한번도 없었기에 그렇게 생각하는 경향이 높아지고 있었다.

'지구상에서는 신이 직접 개입한 흔적이 하나도 없다는 것이 정설인데, 이런 곳이 있다는 것이 알려지면 그 여파는 정말 무시하지 못할 것이다.'

종교적 흔적이 아무것도 없는 곳이라 어떤 종교든 꾸미기에 따라 자신들의 신이 세상에 관여한 증거라고 말할 수 있기 때문이다.

'하지만 그런 종교적인 것이 문제가 아니다. 진짜 이 공간을 신이 세상에 개입해 만든 것이라면……'

신이 직접 개입하지 않았다면 있을 수 없는 불가능한 공간이지만 아무런 종교적 흔적이 없기 때문에 고민이 들지 않을 수 없다.

'다른 것은 모르겠지만, 이곳은 지구의 어느 한 곳이라는 것만은 분명하다. 다른 차원의 신들은 인과 상 절대 지구로 건너올 수 없는 만큼, 이런 공간이 있다는 것은 지구의 신 중 하나가 직접 개입했다는 증거다. 그럼에도 정체를 파악할 수 없다면……'

신의 표식은 신도들의 인식에서 비롯되는데 아무런 표식도 없다면 신도가 없다는 뜻이었다.

　신도가 없는 데도 불구하고 자신의 권능을 발휘해 이 정도의 구조물을 만들 수 있다면 가지고 있는 능력의 크기를 짐작할 수 없어서다.

　'정말 골치가 아프군. 믿는 이가 없음에도 이 정도로 능력을 현실에 투사할 수 있는 존재와 아버지가 관계가 있다니 말이야.'

　그저 뛰어난 엔지니어라고 생각한 아버지에 대한 의문이 점점 깊어만 간다.

　'아무래도 예전 사건에 대해 다시 조사를 해봐야 할 것 같다. 이 공간에 이런 시설을 운용했다면 부도나 그런 것 따위로 아버지가 교도소에 계시지는 않을 테니까.'

　두 분의 사건을 조사할 때는 능력도 시원치 않았고, 미숙한 점이 많았기에 미처 알아내지 못한 것이 있을 가능성이 높았다.

　아무리 내가 심연의 심안이라는 본성을 타고 났다고 하더라도 신의 의지가 개입되어 있다면 진실을 볼 수 없었을 테니 말이다.

　감시하고 있는 자들도 심상치 않으니 철저하게 다시 한번 조사를 해봐야 할 것 같다.

제 5 장

심연의 심안이나 아르고스의 눈으로 구조물을 아무리 살펴도 알아낼 수 있는 것이 하나도 없다.

신이 개입해 만들어진 것이라는 스페이스의 말을 수긍할 수밖에 없을 정도로 한순간에 만들어진 완벽한 구조물이라는 것 말고는 말이다.

"스페이스, 우리가 차원을 정말 넘지 않았는지 다시 한번 살펴봐."

― 계속해서 살펴보고 있지만, 차원의 경계를 넘지 않은 것은 분명합니다. 차원 위상 에너지가 같은 것을 보면 이곳은 지구상에 존재하는 공간입니다.

"으음."

스페이스가 말하지 않아도 느끼고 있기에 지구를 벗어난 것이 아님을 알고 있었다.

하지만 이토록 완벽하게 차단되었다는 것이 조금은 의아했다.

초월자의 권능이 개입하지 않으면 있을 수 없는 일이었기 때문이다.

"일단 나가보도록 하자. 나갈 수는 있겠지?"

— 들어오신 곳에 통로가 유지되고 있으니 바로 나가시면 됩니다.

"그럼 일단 나가보자. 나가는 동안 이 공간의 위치를 다시 확인해 봐."

— 예, 마스터.

우리가 들어온 곳에는 바깥에서 보던 것과 같은 마법진이 새겨져 있었다.

양 손바닥을 대자 빨려들 듯 몸이 문을 통과하고, 어느새 바깥이었다.

— 어때?

— 역시 전혀 확인이 되지 않습니다.

— 알았어. 아르고스의 눈을 최대한 가동해 봐. 이번에는 내가 살펴볼게.

― 예, 마스터.

곧장 심연의 심안과 연동해 아르고스의 눈을 가동시켰다.

'아리 때와 같다.'

현무가 아리를 데리고 간 후, 위치한 곳을 살펴보기 위해 발동한 때와 상황이 같았다.

내가 방금 전에 있던 곳인 데도 불구하고 오직 어둠만 가득하고 아무것도 보이지 않는다.

― 마, 마스터!

― 왜?

― 마법진이 변하고 있습니다.

― 뭐?

스페이스의 말대로였다.

창고 문에 있던 마법진이 사라지고 있었고, 동시에 머릿속에 고통이 찾아들었다.

"크윽!"

― 마, 마스터!

― 괘, 괜찮다.

스페이스가 놀라며 나를 부르는 순간에 고통이 씻은 듯이 사라져 버렸다.

― 정말 괜찮으신 겁니까?

― 괜찮아. 걱정하지 않아도 돼. 일단 창고로 다시 들어가

보자.

— 예, 마스터.

마법진이 사라진 문에 양손을 댔다.

끼이익!

빨려 들어가는 것이 아니라 창고 문이 열리고 있었다.

안으로 들어서자 보통 창고와 다를 것이 없는 공간이 나타났다.

그곳에는 공장에서 사용했을 것으로 보이는 자재들이 쌓여 있었다.

— 마스터, 알 수 없는 공간과 연결된 통로가 사라지고 원래의 공간이 나타난 것 같습니다.

— 그런 것 같아.

— 마스터, 왜 통로가 사라졌을까요?

— 글쎄, 내가 거기에 설치된 것들을 아공간에 수납해서 사라진 것 같은데 말이야.

— 원인은 그것밖에 없는 것 같습니다만, 제 인지를 벗어나는 마법이라니 정말 놀라울 뿐입니다.

— 그래, 스페이스. 하지만 우리가 인지할 수 없는 것도 나타나고 있으니 앞으로 더욱 조심해야겠어.

— 명심하겠습니다.

— 아까 창고 쪽에 지하 공간이 있다고 했지? 아직도 있어?

— 예, 마스터.

— 들어가는 입구를 좀 찾아봐.

— 왼쪽 벽 쪽을 따라가시다 보면 내려가는 출구를 막고 있는 상자가 있을 겁니다.

스페이스의 말대로 왼쪽으로 가다 보니 커다란 상자 하나가 놓여 있는 곳이 나타났다.

상자를 밀어서 치우자 바닥에 철제로 만들어진 문이 나타났다.

별도의 잠금 장치가 없었기에 한쪽을 들어 올리자 문이 열리고 아래로 내려가는 계단이 나타났다.

밑으로 내려가자 이번에는 커다란 철문으로 가로막혀 있었다.

— 마스터, 왼쪽에 스위치가 있습니다.

스페이스의 말대로 불을 켜는 스위치가 왼쪽 벽에 있기에 스위치를 올리고 문을 열었다.

문 안쪽에 나타난 창고 지하는 공간 왜곡장이 걸려 있고, 여러 개의 문들이 양쪽으로 늘어서 있었다.

제일 처음에 있는 문을 열고 안으로 들어가자 카트리지들이 쌓여 있었다.

카트리지를 열자 가지런히 담긴 채 가공된 마법 금속들을 볼 수 있었다.

다른 카트리지를 확인해 봐도 마찬가지였다.

다시 밖으로 나와 다른 문으로 들어가 안을 확인했다. 그곳에도 마법 금속을 담은 카트리지가 잔뜩 쌓여 있었다.

다른 곳의 상황도 모두가 마찬가지였다.

아버지도 중국에 있던 지하 벙커와 같은 공간을 가지고 있던 것이다.

'이게 뭘 의미하는 것인지 모르겠군.'

공간 왜곡장이 걸려 있어서 그런지 문 안쪽에 있는 공간은 지상에 있는 창고 크기와 거의 맞먹었다.

그리고 그런 문들이 모두 백 개나 있었다.

지하 벙커에서 얻은 것들처럼 종류가 다양하지는 않지만, 마법 금속들이 가득했다.

대한민국 정부가 그동안 차원 교류를 통해 확보한 것들을 모두 합한다고 해도 절대 나올 수 없는 양이었다.

정말 의문이 아닐 수 없다.

국가도 아닌 개인이 이 정도 양의 마법 금속을 만들 수 있는 재료를 확보한 것도 그렇고, 완벽하게 제련이 된 상태라는 것도 말이다.

'중국도 그렇고, 아버지도 뭔가를 위해 준비한 것은 틀림없다. 아버지가 왜 준비해 둔 것인지 모르지만, 이렇게 놔둘 수는 없으니 일단 챙겨놓자.'

무단 침입을 막는 마법진이 사라진 이상, 이대로 놔두면 안 되겠다는 생각이 들어 곧바로 아공간에 카트리지들을 옮겼다.

중국에서 얻은 것들은 카트리지 안에 들어 있는 마법 금속들의 원재료들이라 아공간에 따로 구분해 보관하는 것은 그리 어렵지 않았다.

'여기는 확인이 끝났고, 이제 공장 밑에 있는 지하 공간만 확인하면 끝나는 건가?'

일단 밖으로 나갔다.

지하실로 들어가는 입구는 스페이스에게 부탁해 은폐 마법으로 감추고, 창고에 자재들을 모두 아공간으로 옮겼다.

그리고 밖으로 나가 불탄 공장을 바라보았다.

불이 나서 전소된 공장은 앙상하게 건물의 뼈대만 남아 있는 상태였다.

'쉽지 않겠군.'

아직도 잔재물이 남아 있어 지하로 들어가는 입구를 찾는 것이 어려울 수도 있기에 스페이스를 불렀다.

― 스페이스.

― 예, 마스터.

― 공장 건물 지하로 가는 출입구를 한번 찾아봐.

― 알겠습니다.

스페이스가 검색을 하는 동안 기다렸다.

— 마스터, 살펴봤지만 지하 공간으로 들어가는 출입구가 없습니다.

— 출입구가 없어?

— 본래는 출입구가 존재한 것으로 보입니다만, 화재가 난 뒤에 사라진 것 같습니다.

— 그게 가능해?

— 지하 공간은 마치 상자처럼 전체가 금속으로 둘러싸여 있습니다. 지반과 금속의 접촉점을 분석한 결과로 보면 화재가 나면서 변형을 일으킨 것이 분명합니다.

— 형상기억합금처럼 지하 공간을 둘러싼 금속이 열을 받아 본래의 모습으로 돌아갔다는 건가?

— 그렇습니다.

— 안으로 들어가는 방법은?

— 지금으로써는 안으로 들어가는 방법을 찾을 수 없을 것 같습니다.

— 아예 알 수 없다는 건가?

— 사라진 공간과 같은 에너지가 느껴지는 것을 보면 어떤 형태로 구성이 되어 있는지 저로서도 알 수가 없을 것 같습니다.

— 그러니까 그 미지의 공간과 같은 형태의 에너지가 흐른다는 말이지?

— 그렇습니다.

스페이스가 자괴감을 느끼는 것 같다.

지구 대차원에 속한 차원들의 정보를 대부분 가지고 있으면서도 알지 못하는 탓일 것이다.

― 큰아버지와 아버지가 돌아오시면 안에 들어갈 수 있을 테니 너무 자책하지 마, 스페이스.

― 알겠습니다, 마스터. 그리고 죄송합니다.

스페이스의 대답에 미안함을 느꼈다.

저 안으로 들어가는 방법을 알고 있기 때문이다.

사실 창고에 난 공간은 사라진 것이 아니라 나에게 귀속이 된 상태다.

인식 체계를 모두 통합한 스페이스도 인식하지 못할 정도로 은밀하게 말이다.

마법진이 사라지며 고통을 느끼는 순간, 공간에 대한 정보가 인식되었다.

그리고 그 어떤 존재에게도 공간에 대한 정보를 알려서는 안 된다는 경고도 들었다.

스페이스가 나와 하나가 되기는 했지만, 말해주지 않은 것은 나에게 정보를 알려준 존재가 바로 아버지의 영혼 중 일부였기 때문이다.

'아버지는 도대체 어떤 존재였는지…….'

영혼의 일부를 분리해 정보를 전달할 수 있는 존재는 초월자

이거나 그에 버금가는 능력을 가지고 있어야 한다.

2차 각성도 하지 못한 평범한 엔지니어라고 알고 있던 아버지가 영혼의 일부를 남겨 나에게 전한 것으로 볼 때, 내가 알지 못하는 비밀이 있을 게 분명했다.

'김오 박사도 마찬가지다. 아리가 가 있는 곳도 이런 종류의 에너지가 흐르는 것 같으니 말이다.'

점점 더 아버지의 정체가 궁금해진다.

능력자가 아니면서 현무를 만들었고, 아리가 치료를 받고 수련을 하는 미지의 공간을 만든 김오 박사도 마찬가지다.

능력자가 아닌 이들이 신이 직접 만든 공간에 뭔가를 했다니 정체가 점점 더 궁금해진다.

아무래도 지구 대차원의 대변혁을 주관한 존재가 남겨놓은 안배 중 아직까지 밝혀지지 않은 두 개의 안배와 관련이 깊을 것 같다는 생각이 들어서다.

'스페이스에게는 말하지 못하지만, 영혼의 일부를 떼어내는 방법을 알았으니 저녁에 한번 와보자. 저 안에 무엇이 들었는지 확인을 할 수 있을 테니까 말이다. 그러기 전에 일단 이곳부터 정리를 하자.'

― 스페이스, 뼈대만 남아 흉한데, 일단 골조를 무너트려서 여기를 정리해야 할 것 같다. 소리가 클지도 모르니까 결계를 쳐줘. 계속해서 유지될 수 있는 걸로 말이야.

— 침입을 방지하는 기능도 넣는 겁니까?

— 그래.

— 알겠습니다, 마스터.

스페이스가 결계를 치는 것을 도왔다.

마나석을 아공간에서 꺼내 지정한 위치에 박아 넣으면 되는 것이라 그리 힘들지는 않았다.

결계가 완성되고 난 후, 뼈대만 남아 있는 골조에 에너지를 투사했다.

구조는 이미 파악을 끝낸 터라 취약한 곳에 동시에 힘을 가하자 단번에 무너져 버렸다.

공장 외곽을 따라 결계를 친 탓에 무너진 잔해에서 나오는 먼지는 하나도 밖으로 나오지 못했다.

'나중에 덮어놓기라도 해야겠군.'

뿌연 먼지가 가라앉은 잔해들은 화재로 인해 그을음이 많이 묻어 있어 상당히 보기가 흉했다. 나중에 덮개로 덮어야 할 것 같았다.

— 스페이스, 이제부터는 감시자들을 역추적해 보자. 누가 이들을 이곳으로 보냈는지 말이야.

— 통신 채널을 역으로 추적할 준비는 끝났습니다. 정기 연락이 올 시간이니 신호가 잡히는 순간 어디에서 이자들을 보냈는지 알 수 있을 겁니다.

— 만반의 준비를 해둬.

— 예, 마스터.

조금 있으면 정기 연락이 올 시간이다.

마도 네트워크를 이용하든, 기존의 통신망을 이용하든 스페이스를 피해갈 수는 없을 것이다.

지난 석 달 동안 스페이스도 가만히 놀고만 있지 않았으니 말이다.

— 연락이 왔습니다. 추적을 시작합니다.

얼마 지나지 않아 추적이 시작됐다.

마도 네트워크와 기존의 통신망을 혼용한 연락 방식이었지만 스페이스는 정확하게 발신지를 추적해 낼 수 있었다.

— 여기가 확실해?

— 그렇습니다, 마스터. 열두 군데 해외 서버를 거치고 사설 네트워크를 이용했지만, 발신지가 미국 대사관인 것은 확실합니다.

— 미국이라……

세뇌를 하면서 정보를 확인한 바로는 감시자들이 의뢰를 수행하기 시작한 것은 얼마 되지 않았다.

미국이 아버지의 일에 개입을 했는지 확실하지는 않지만 뭔가 알고 있는 것만은 분명해 보이니 확인을 해봐야 할 것 같다.

그리고 미국 대사관에서 이곳에 관심을 가지고 있는 자가 누구인지 확인을 해보고 싶었다.

— 스페이스, 미국 대사관으로 가봐야 할 것 같다.

— 마스터, 미국 대사관은 S급 진성 능력자 한 명과 A급 진성 능력자 열네 명이 상주하고 있는 곳입니다.

— 쳐들어갈 건 아니고, 누구와 연락을 하고 있는지 알아보려는 가야 할 것 같아서 말이야. 누가 연락책인지 구분은 할 수 있지?

— 음성만 확인이 가능하면 충분합니다.

— 그럼 가보자. 지금은 누가 이곳을 지휘하고 있는지 알게 된 것으로 만족하니까 말이야.

— 예, 마스터.

이런 종류의 감시를 지휘할 정도라면 대사관의 고위직이 틀림없을 것이다.

그런 자라면 어느 정도 정보가 노출되어 있을 것이기에 일단 누구인지 확인한 후에 움직일 생각이다.

'위성이 지나가지 않을 때 전투 슈트를 착용한 것은 잘한 일이로군. 미국이라면 위성으로도 감시를 하고 있었을 테니 말이야.'

감시자들을 제압을 하고 세뇌할 때는 전투 슈트를 통해 인식 차단 장치를 가동한 터라 미국의 인공위성에는 잡히지 않았을 것이다.

가장 취약할 때가 전투 슈트를 입고 있지 않았을 때였는데, 만약을 생각해 취한 조치가 아주 잘한 일 같다.

이제부터는 인공위성의 인식 범위를 벗어나야 하기에 곧바로 공장을 빠져나와 일자산으로 향했다.

일자산을 넘어 하남 쪽으로 간 후에 빙 돌아 강동구 쪽으로 움직였다.

기척을 완전히 감추고, 허공을 가로질러 즐비하게 늘어선 아파트 옥상에 도착해서 옥상 계단 안으로 들어가 전투 슈트를 해제했다.

맨 꼭대기 층에서 엘리베이터를 타고 아래로 내려와 아파트를 벗어난 후 정류장으로 가서 지하철을 탈 수 있는 곳으로 가는 버스를 탔다.

버스에서 내린 후 지하철을 타고 광화문에 있는 미국 대사관까지 곧바로 간 후에 곧바로 감시를 시작했다.

─ 스페이스, 안쪽에서 흘러나오는 소리를 들을 수 있는지 확인해 봐.

─ 외곽에 인식 차단 장치가 작동되고 있어서 도청은 불가능할 것 같습니다.

─ 그러면 퇴근하는 자들 하나하나 표식을 붙이고 성문을 확인해야겠군.

─ 그렇게 하는 것이 좋을 것 같습니다, 마스터.

인식 차단 장치 때문에 지금 확인하지는 못하지만, 대사관을 나오기만 하면 표식을 붙여 음성 확인으로 누가 연락을 해왔는지 알아내는 것은 문제가 없었다.

표적 마법을 통한 표식을 해 두었기에 어디에서든지 감시가 가능하고, 목소리를 확보하기만 하면 성문 분석을 통해 확인하면 되니 말이다.

한 시간 정도 기다려 퇴근하는 인원에게 표식을 남긴 후에 감시를 하면서 일자산에 있던 자들에게 연락을 한 자를 찾아낼 수 있었다.

놀랍게도 미국 대사인 하워드가 직접 감시자들을 관리하고 있었다.

직접 차를 몰고 대사관에서 나와 집으로 향하던 하워드는 집에 있는 아내에게 전화를 했고, 그의 목소리를 통해 감시자들을 지휘한 자임을 알 수 있었다.

― 의외로군.

― 마스터, 미국 대사가 직접 지휘를 하고 있었다니 놀랍습니다.

― 그러게.

미국은 대변혁이 일어나고 난 뒤에 세상이 바뀌면서 상당히 많은 것을 잃어야 했다.

특히나 뼈아팠던 것은 자신들에게 종속된 나라라고 여겼던 한국이 북한과 통일을 한 후, 독자 노선을 걷기 시작한 것이었다.

정치권이나 재계에서 미국에 우호적이었던 세력도 일소해 버리고, 미국의 간섭을 철저히 배제함으로써 남보다 못한 사이가 되어버렸다.

무기를 팔아먹을 수 있는 나라에 불과하던 한국에 대한 영향력을 잃은 이후 미국은 심기가 좋지 않았다.

독자적인 자주노선을 걷는 바람에 국제사회에서 미국과 사사건건 대립하는 사이가 된 터라 외교적으로 관계가 좋지 않았다.

특히나 중국과 러시아라는 강대국과의 전쟁에서 연이어 승전을 한 이후부터는 국제사회에서 경쟁 상대로 등장해 버린 이후, 미국은 한국을 대하는 태도가 달라졌다.

한국을 잠재적인 적성 국가로 분류하고 있던 것이다.

'그런 미국이 아버지와 관련이 있었다면……'

아버지의 전문 분야는 차원 관련 장비와 무기 제작이다.

대사가 직접 움직일 정도라면 아버지가 교도소에 들어가기 전에 제작하던 것들은 미국이 관심을 가질 정도로 상당한 성능을 가지고 있는 것이 틀림없었다.

'도대체 뭘 만들고 계셨는지 모르겠군. 알 수 없는 공간에서 얻은 것들은 아예 알려지지 않았을 것이다. 그렇다면 공장에서 제작을 하고 있던 것이라는 뜻인데……'

큰아버지와 아버지가 제작하던 것이 무엇인지에 대한 정보가
전혀 없었다.

그동안 스페이스가 여러 방면으로 찾아봤지만, 무엇인가 의
미 있는 정보를 얻을 수 없었다.

두 분의 재판 기록을 찾아봐도 마찬가지였다.

그저 회사를 이용해 자금을 횡령한 부분에 대해서만 나올 뿐,
무엇을 제작하고 있는지에 대해서 전혀 나오는 것이 없었다.

회사의 거래 기록도 살펴봐도 마찬가지였다.

국세청을 해킹해 봐도 이상하게 두 분이 운영하던 회사의 거
래 물품은 마나석 밖에 없었다.

마치 누군가 지워 버린 것처럼 창고에서 본 자재에 대한 기록
도 남아 있지 않은 것이다.

스페이스도 파악이 불가능한 공간에서 만들어진 것들에 대한
거래 기록도 찾을 수 없는 것은 마찬가지였다.

─ 이제 미국 대사를 한번 만나야겠지?

─ 관사는 알고 있으니 바로 가시면 됩니다.

─ 알았어.

택시를 타고 하워드 대사가 가족들과 머물고 있는 관사로 향
했다.

우리가 도착했을 즈음 하워드 대사도 관사로 들어가고 있는
중이었다.

하워드의 관시는 타워 라인이라 불리는 아파트였다.

— 주변을 살펴봐.

— 아파트를 경호하는 인력뿐입니다.

— 경호하는 인력이 그것밖에 되지 않다니, 의외군.

— 타워 라인이라서 그럴 겁니다.

— 하긴.

타워 라인은 대한민국의 최고급 아파트 중 하나다.

결계를 이용한 사용자 보호 장치가 되어 있어 알려지지 않은 부자들이 거주하거나, 외국 대사관 직원들이 관사로 이용하는 경우가 많은 곳이었다.

하워드 대사를 수행하는 자는 A급 진성 능력자 한 명뿐이다.

능력자는 하워드 대사가 아파트로 들어서고 나면 돌아갈 것이라 작업하기에는 좋았다.

스페이스가 있으니 결계를 뚫는 것은 문제가 아니었기에 택시에서 내린 후 아무도 모르게 벽을 타고 옥상으로 올라갔다.

결계의 일부를 해제하고 옥상 문을 연 후, 안으로 들어가 계단을 통해 하워드 대사가 있는 층으로 갈 수 있었다.

'다행히 늦지 않았군.'

스페이스가 약간의 조작을 한 덕분에 하워드 대사가 타고 있는 엘리베이터는 아직도 올라오고 있는 중이었다.

엘리베이터 문이 열리고, 대사가 내리자마자 제압해 아공간에 넣어서 곧장 옥상으로 올라갔다.

옥상에 있는 엘리베이터실로 들어가 아공간에서 하워드 대사를 꺼내 의식을 살펴봤다.

그리고 필요한 정보를 어느 정도는 얻을 수 있었다.

'역시, 아버지의 일이 터진 후에 내가 공장으로 갔을 때 만난 감시자들은 미국 측이 보낸 놈들이 아니었군.'

하워드 대사에게서 얻은 정보에 따르면 미국이 아버지의 공장을 감시한 것은 얼마 전부터다.

이전까지는 전혀 모르던 것이 분명했다.

예전에 공장에서 만난 놈들은 스승님께서 처리를 하셨다.

놈들도 공장 지하에 있는 공간을 발견하지 못한 것인지 곧바로 철수를 했다.

놈들은 공장에 대한 조사가 끝나고 아무것도 얻은것 없이 철수를 했지만, 미국에서는 달리 생각한 모양이다.

오랜 시간 동안 꾸준히 조사를 해오다니 말이다.

'정부가 개입되어 있어서 관심을 가진 모양이군.'

아버지의 일에 정부 세력이 관여되어 있다는 것이 미국의 판단이었다.

'그나저나 미국도 대단한 나라야. 창고는 다른 사람 이름으로 되어 있는 것인데도 냄새를 맡다니 말이다.'

사건에 개입되어 있던 자들이 철수하고 난 후에 미국은 계속해서 조사를 진행한 것 같다.

그리고 공장에서 조금 떨어진 창고가 두 분과 관련이 있을지도 모른다고 생각한 모양이다.

하워드는 미국에서 불과 일주일 전에 내려온 훈령에 따라 공장과 창고를 감시하고 있었다.

무엇이 제작되고 있는지 알아보는 것이 하워드 대사의 임무였다.

그렇지만 창고에 쳐진 보호 마법으로 인해 안에 무엇이 있는지 확인할 수가 없어 본국의 재촉을 받는 중이었다.

보호 마법을 깨트릴 수 없는 것은 물론이고, 중국과의 스파이 전쟁이 일어난 탓에 국내 예찰 활동을 강화한 국정원이 뭔가 의심스러운 정황을 포착하고 있다는 정보가 들어와 난처한 처지에 놓여 있었다

'잘하면 입학하고 나서 창고에서 생활할 수 있을지도 모르겠다.'

아버지를 교도소에 집어넣은 자들은 창고에 대해 미처 파악을 하지 못했지만, 미국의 관심을 끈 이유가 아마도 보호 마법 때문일 확률이 높았다.

차원 관련 장비를 제작하는 공장 근처에 미국의 능력자도 해제하지 못하는 보호 마법이 걸린 창고가 있었으니 말이다.

'미국은 알아차리지 못하고 있겠지만, 분명히 국정원이 움직이고 있을 거다. 경계망이 펼쳐져 있는 상황에서 A급 능력자 다수가 움직이는 것을 국정원에서 알아차리지 못했을 리 없으니까. 이거 조심해야겠다.'

아직 확인이 되지 않았지만 국정원이 움직일 것이라는 것은 충분히 예상이 가는 상황이다.

'일단 빨리 창고부터 처리를 해야겠군.'

― 스페이스, 아까 창고 앞에서 봤던 자물쇠를 복제할 수 있겠어?

― 어려운 일입니다.

― 기능을 완전히 똑같게 하는 것이 아니라면?

― 곧바로 가능합니다.

― 대충 S급 진성 능력자가 해제할 수 있는 보호 마법을 걸어서 자물쇠를 만들어봐. 에너지 패턴은 아까 그것과 비슷하게 해야 될 거야. 나는 미국 대사관에 있는 능력자에게 하워드 대사가 지시를 하도록 만들 테니 말이야.

― 무슨 말씀이신지 알겠습니다. 조금 까다롭기는 하지만 기존의 보호 마법과 비슷하면서 S급 진성 능력자가 해제할 수 있도록 만들겠습니다.

― 지금 그곳으로 가서 설치를 할 테니까 도착할 때까지 만들어줘.

— 예, 마스터.

국정원이 요원을 보낼 수도 있어 서둘러야 했다.

약간의 정신 조작을 끝낸 후, 하워드 대사가 사는 충으로 내려가 그를 깨웠다.

하워드는 자신에게 무슨 일이 벌어졌는지 알지 못하는 상태에서 집으로 들어갈 것이다.

곧바로 옥상으로 올라가 전력을 다해 창고가 있는 곳으로 향했다.

— 이상 없습니다, 마스터.

얼마 지나지 않아 근처에 도착할 수 있었고, 스페이스가 살펴본 결과 다행스럽게도 창고 주변에는 세뇌한 감시자들 이외의 능력자가 보이지 않았다.

곧바로 창고로 가서 문을 닫고 스페이스가 만든 자물쇠로 문을 잠갔다.

자물쇠가 잠기자마자 보호 마법이 작동하기 시작했고, 아까 풀기 전과 비슷한 에너지 패턴이 창고를 감쌌다.

— 마스터, 새로운 에너지 패턴이 감지됩니다.

누군가 다가오고 있다는 말이다.

아마도 국정원 요원들일 터였다.

— 도착하려면 얼마나 걸리지?

— 삼 분 정도 후에 도착할 것 같습니다.

─ 이 정도면 됐으니 이탈하자.

─ 예, 마스터.

기척을 죽이고 곧장 일자산으로 향했다.

─ 상황이 어때?

─ 국정원 요원들은 몸을 숨기고 마스터께서 제압한 해결사들을 감시하고 있습니다. 감시자들이 떠나면 행동을 할 것 같습니다.

─ 잘됐군.

'형이 기다릴 것 같으니 어서 가야겠다.'

─ 스페이스, 형에게 갈 동안 상황을 계속 지켜봐.

─ 알겠습니다.

일자산을 따라 움직이며 곧바로 남한산성까지 향했다.

산 위에서 전투 슈트를 해제한 후에 성남 시내로 들어가는 마을버스를 탔다.

─ 도착한 자들은 국정원이 확실하지?

─ 통신 내용으로는 확실합니다. 마스터께서 제압한 감시자들이 미국 대사의 명령으로 자리를 이탈하기 시작했습니다.

─ 미국 측도 빠르군. 국정원이 움직인 것을 바로 알아차리다니 말이야. 국정원에서 온 자들은 별다른 움직임이 없나?

─ 미국 측에서 보낸 감시자들이 떠나자 곧바로 떠났습니다.

— 이상하군. 창고를 살펴볼 수도 있을 텐데 말이야?

— 마스터의 지시대로 제압된 감시자들이 공장을 감시해서 그런 것 같습니다.

— 다행이군.

— 미국 대사관 쪽은 어때?

— 조만간 직접 움직일 생각인가 봅니다.

— 그렇겠지. 미련을 버리지 못할 테니까 말이야. 감시는 계속하고 이상이 있으면 알려줘, 스페이스.

— 예, 마스터.

'형이 기다리고 있을 테니 일단 가자.'

하숙을 구하기는 했지만, 아직 머물 수가 없어서 형은 약속한 모텔로 가 있을 것이다.

기다리고 있을 것이 형에게 전화를 걸었다.

— 어떻게 된 거냐?

"조금 있다가 이야기해 줄게. 형은 어디야?"

— 어디긴, 모텔이지.

"그럼 조금 있다가 나와. 오래간만에 둘이서 술이나 한잔 하자."

— 어디냐?

"버스타고 가는 중이야. 20분 후에 모란역 근처로 나와."

— 알았다.

얼마 지나지 않아 사전에 잡아 놓은 모텔이 있는 모란역 근처에 도착해 버스에서 내렸다.

버스에서 내리자 기다리고 있는 형이 보였다.

"뭐 먹을 거냐?"

"안쪽에 유명한 족발집이 있더라고. 거기서 한잔 할까?"

"매운 족발집 말이구나."

"형도 알고 있었어?"

"자식, 앞으로 몇 년간 생활할 지역인데 내가 안 알아봤겠냐?"

"하하하, 하긴."

형은 맛집 탐구가다.

수련하면서 받은 스트레스를 풀기 위해 전국에 있는 웬만한 맛집은 다 섭렵했을 정도다.

앞으로 학교를 다녀야 하니 근처 맛집을 이미 알아봤을 것이 분명했다.

"이야기는 거기서 듣기로 하고. 가자."

"알았어."

족발집으로 가서 매운 족발 대자로 하나를 시켰다.

맛집으로 유명하다고 해도 우리 입맛에 맞지 않을 수도 있어서 한번 먹어보고 난 뒤에 더 시킬 생각이었다.

밑반찬과 상추 등이 식탁에 깔리고, 얼마 지나지 않아 족발이

나왔다.

소주도 시켰기에 한잔씩 따라서 마신 후 족발을 먹었다.

불향이 감도는 매콤한 맛이 형과 내 취향에 딱 맞았다.

워낙 손님이 많은 탓에 일상적인 대화는 어려울 지경이었지만 형과 나에게는 문제가 없었다.

— 어떻게 된 거냐?

— 창고 근처에 감시자들이 있는데, 일이 재미있게 돌아가는 것 같아.

— 무슨 일인데?

— 그러니까…….

소주와 족발을 먹으며 텔레파시로 공장과 창고에서 일어난 일들을 형에게 이야기해 주었다.

그리고 하워드 대사에게서 정보를 얻은 것까지 모두 말해주었다.

미안한 일이지만 알 수 없는 공간에 대한 것과 마법 금속에 대해서는 형에게 이야기 하지 않았는데, 아직은 알아서 좋을 것이 하나도 없기 때문이다.

내가 발견한 것들은 2차 각성을 한 이후에나 형에게 알려줄 생각이다.

— 정신없이 보냈구나. 그럴 줄 알았으면 나도 같이 갈 걸 그랬다.

― 그다지 힘든 건 없었어.

― 그나저나 미국도 그렇고, 국정원에서도 관심을 가지고 있는 것을 보면 공장에서 특별한 것들을 만들고 있던 것 같은데 말이야.

― 나도 다시 살펴봤지만, 두 분이 뭘 만들고 있었는지는 확인을 못했어, 형.

― 그걸 확인해야 무슨 일이 있었는지 알아낼 수 있을 것 같은데… 걱정이다.

― 알아내지 못한다고 해도 형량을 채우면 나오실 테니 너무 걱정하지는 마.

― 알았다. 창고에 아무것도 없다는 것을 확인하면 그자들도 철수하겠지?

― 그렇겠지. 창고에 아무것도 없다는 것이 확인이 되면 미국에서도 관심을 끊을 테니까 말이야.

― 그나저나 우리에 대해서는 알아낸 것이 없는 것 같아 다행이다.

― 알려고 해도 알 수가 없겠지. 큰아버지와 아버지는 법적으로 완벽한 총각이니까 말이야.

우리 두 사람이 두 분의 자식이라는 공식적인 기록은 그 어디에도 없다.

우리가 스승님에게 맡겨진 것도 그 때문이다.

— 하긴, 우리에 대해 알고 있는 자들도 스승님께서 처리를 하셨으니까.

아버지가 구속되고 난 후, 공장을 찾아간 탓에 우리가 두 분의 자식들이라는 것을 감시자들에게 들켰다.

위험에 처해 있던 우리를 구한 스승님께서 그자들을 모두 처리하셨다.

그러니 우리가 부모자식 사이라는 것을 알고 있는 것은 스승님뿐이라고 할 수 있다.

더군다나 센터에서 다시 한번 우리 신분이 세탁되었으니 알려질 염려는 없었다.

— 형, 원룸 계약한 것 철회하고 우리가 창고에서 사는 것은 어떨까?

— 그게 가능하겠냐?

— 충분히 가능. 그러니까…….

형에게 내 생각을 설명했다.

감시자들이 돌아가고 내일은 대사관의 능력자들이 직접 움직여 창고를 확인할 것이다.

미국의 S급 능력자가 창고 안을 확인하고 나면 손을 쓸 예정이다.

창고가 부동산 시장에 매물로 나올 것이고, 그것을 우리가 사면되는 것이다.

— 아무리 그렇게 하기로 약속을 했다고는 하지만 그 사람들이 창고를 매물로 내놓을지 모르겠다.

— 스승님께서 믿을 수 있는 사람들이라고 했으니 걱정하지 않아도 될 거야.

— 스승님이 그렇게 말씀하셨다면 그것도 나쁘지는 않겠다.

창고를 차명으로 가지고 있는 사람들은 대부업을 하고 있는 자매였다.

스승님 말씀으로는 아주 어릴 때부터 인연을 이어온 믿을 수 있는 사람들이라고 하셨다.

두 자매에게 창고를 맡긴 것은 장비를 제작하는 데 필요한 중요한 자재들을 보관하는 곳이라서 다른 이들의 시선을 피하기 위해 아버지가 창고를 두 사람의 명의로 해놨다고 한다.

연락하면 두 자매는 창고를 부동산에 매물로 내놓고 계약을 통해 넘기는 것으로 되어 있다고 하니 우리가 사는 것은 문제가 없을 터였다.

— 내가 연락을 할게. 창고를 개조해야 하니 당분간은 불편해도 참아야 할 거야, 형.

— 괜찮다. 이제 족발이나 먹자.

— 그러자.

대화를 끝내고 족발에 집중했다.

매운 족발과 일반 족발을 번갈아 시키고, 거기에다가 주먹밥에 계란탕까지 폭풍 흡입으로 이어졌다.

열심히 먹고 있는데 주변의 눈치가 심상치 않다.

족발로 대자만 다섯 개에 소주가 열 병이 넘어가는데도 먹는 것을 멈추지 않으니 그럴 만도 할 것이다.

— 이 정도만 할까?

— 다른 집으로 가자.

— 아까 여기로 올 때 보니까 곱창집이 괜찮은 것 같던데?

— 그러자.

더 먹고 싶었지만 다른 사람들의 눈치가 보여 계산을 하고 족발집을 나섰다.

우리를 보는 사람들의 시선을 뒤로하고 버스 정류장 쪽으로 가다가 곱창집으로 들어갔다.

모란역 뒤쪽으로 음식점들이 즐비하게 있었지만, 족발집으로 가는 동안 우리의 후각을 자극하던 몇 안 되는 집 중 하나다.

곱창집으로 가서 곱창 십 인분과 소주 열 병을 형과 먹은 후 모텔로 돌아갔다.

각자 따로 객실을 잡아 놓은 터라 들어가서 몸을 씻었다.

— 마스터.

— 왜?

— 이제 전환이 끝났습니다.

— 에고 장착이 끝난 거야?

― 그렇습니다, 마스터.

타클라마탄에서 얻은 유물들의 전환이 끝났다는 소리가 반가웠다.

― 스페이스, 사용법에 대해서는 별도로 매뉴얼을 만들 수 있을까?

― 그렇지 않아도 이미 만들어두었습니다. 마스터께 인식을 시켜 드리겠습니다.

유물들에 대한 정보가 곧바로 인식이 되었다.

― 아주 굉장한데?

― 쓸모가 많을 것으로 보입니다, 마스터.

― 좋았어. 곧바로 가져다 놔야겠군.

― 장비를 보관하고 있는 곳은 표적으로 인식을 시켜놨으니 직접 가실 필요 없이 공간 전송이 가능합니다.

― 그러면 일을 좀 덜겠군. 곧바로 전송시켜 줘. 팀원들에게 크게 도움이 될 테니까 말이야.

― 예, 마스터.

팀원들이 받을 수 있도록 장비들을 준비시켜 놓은 곳으로 전송을 시켰다.

― 고마워, 스페이스.

― 아닙니다, 마스터.

― 조금 힘든 하루였으니 이제 그만 자야겠다.

— 편안히 쉬십시오.

무척이나 바쁜 하루였지만 맛있는 것도 먹고, 팀원들의 안전을 확보할 수 있는 유물의 에고화가 완료된 것 때문인지 기분이 좋았다.

침대에 눕자마자 곧바로 잠이 들 수 있었다.

제 6 장

다음날 잠에서 깬 후, 형이 머물고 있는 방으로 갔다.

"아침 일찍부터 무슨 일이냐?"

"줄 게 있어서, 자."

형에게 전환이 끝난 아티팩트를 전했다.

"이게 뭐냐?"

"타클라마칸 작전에서 얻은 것들이야. 유물이기는 해도 의식을 잠식하지 않는 것이라서 형에게 쓸모가 있을 것 같아서 말이야."

"그럼 너 갖지."

"하하하, 나도 있어."

"너도?"

"팀원들 것도 모두 있으니까 이건 형이 쓰도록 해. 이용하는 법은……."

일반적인 사용법과 에고를 사용한 사용법을 알려주었다.

"여기에 에고가 있다는 거냐?"

"그래. 지금은 사용하지 않는 것이 좋아. 자칫 본성에 타격을 줄 수도 있으니 말이야. 에고를 사용하는 것은 2차 각성 후에 해야 하는데, 약속할 수 있지?"

"그렇게 하마. 그런데 에고가 있는 유물이라니 정말 놀라운 유물이다. 에고를 사용하지 않고도 그런 힘을 발휘할 수 있다는 것도 놀랍고 말이야."

에고를 활용하는 것은 2차 각성을 한 이후에 하는 것으로 약속을 받았지만 일반적인 사용법만으로도 형은 크게 만족을 했다.

"일단 나가서 아침이나 먹자. 해장국 어때?"

"좋지. 어서 나가자."

흥미로운 장난감을 선물 받은 어린아이처럼 설레하는 형을 데리고 모텔에서 나와 해장국을 한 그릇씩 먹은 후에 부동산에 들러 계약한 원룸을 취소했다.

아직 입학이 확정되지 않았는데도 마음이 급했다는 말씀을 드리니 공인중개사께서 선뜻 위약금 없이 계약을 해지해 주셨다.

계약을 했던 원룸 건물의 주인이기에 가능한 일이었다.

심연의 심안으로 사람을 살피고 성실하게 부동산을 운영한 사람을 찾아서 계약한 보람이 있었다.

다음은 스승님께 연락을 해서 사정을 설명드리고, 창고를 관리하는 분들의 연락처를 받았다.

"여보세요?"

― 누구세요?

스승님께 받은 연락처로 전화를 걸자 여자 분이 받았다.

조금 나이가 들어 보이기는 했지만, 상냥함이 묻어나는 목소리였다.

"일자산 밑에 있는 창고 때문에 전화를 드렸는데요?"

― 아!

"이제 상속을 받으려고 하는데 가능하겠습니까?"

― 이름이 어떻게 되는데요?

"윤성찬과 윤성진이라고 합니다."

― 맞는 것 같네요. 지금 내가 있는 곳으로 올 수 있어요?

"가능합니다."

― 여기가 어디냐 하면, 옛날 둔촌 아파트가 있던 공사 현장이에요. 버스 정류장에서 내리고 공사 현장으로 와서 자매식당을 찾으면 될 거예요.

"알겠습니다. 삼십 분 후에 찾아가도록 하겠습니다."

— 조심해서 와요.

일자산에 있는 창고로 가는 길에 있는 곳이었다.

학교에서 그리 멀지 않은 곳이라 금방 찾아갈 수 있었다.

올림픽이 열릴 때 지어진 둔촌동 아파트 단지는 지금 한창 재건축 중이었다.

버스 정류장 근처 공사 현장으로 들어가는 입구에 가건물로 지어진 자매식당이 보였기에 근처에 차를 대고 안으로 들어갔다.

이른 시간임에도 좌석이 반 정도 차 있고, 음식 냄새가 식당 안에 가득했다.

"여기 굉장히 잘하나 보다."

"그러게. 냄새가 아주 좋은데."

이미 아침 식사로 해장국을 해치우고 왔는데도 뱃속이 요동을 친다.

먹고 싶었지만 일이 우선이라 주위를 둘러보니 음식을 나르던 아주머니 한 분이 우리에게로 다가왔다.

"뭐 해요? 어서 자리에 앉아요."

"저… 전화한 윤성찬이라고 합니다."

"창고 때문에 전화하신 분?"

"예, 그렇습니다."

"일단 자리에 앉아요. 보아하니 아침도 못 먹은 것 같은데 뭐 먹을래요?"

"아……."

"내가 알아서 가져 올 테니까 조금만 기다려요. 창고에 대한 일은 금방 끝나니까 밥부터 먹고 이야기해요. 사실, 우리도 밥을 먹지 못했거든요."

"알겠습니다."

해장국을 먹었다고 말하려 했지만, 성의를 거절할 수 없어 마지못해 자리에 앉자 주방으로 가시더니 커다란 쟁반에다가 밥과 반찬을 담아 가지고 오셨다.

뒤이어 주방에서 한 분이 반찬이 담긴 쟁반을 들고 따라 나왔다.

"여기는 내 동생이에요, 자!"

커다란 양푼에 밥이 하나 가득 담겨 있는데, 두 사람은 각각 그릇에다 밥을 퍼서 형과 내 앞에 놓고는 옆에 앉았다.

"총각이 이해를 좀 해요. 우리도 아침참을 내고 지금밖에 밥 먹을 시간이 없어서 같이 먹자고 한 거예요."

주방에 있다가 나온 분이 국을 퍼서 놓으며 한마디 하신다.

"자, 다 먹고 살자고 하는 짓이니까 이야기는 밥 먹고 나서 하는 걸로."

밥을 주시던 분이 수저를 건네며 말씀하시기에 얼떨결에 잡고 밥을 먹기 시작했다.

한술갈 뜨기 무섭게 우리는 다른 생각은 접어두고 밥에 집중했다.

공사장 인부들이 먹는 것이라고는 믿을 수 없을 정도로 무척이나 음식은 정갈하고 맛있었다.

잘 지어진 밥과 반찬 하나하나에 정성이 담겨 있어 꼭 집에서 해주는 밥을 먹는 것 같았다.

두 분이 반 정도 먹었을 때, 우리로 인해 밥이 가득하던 양푼은 어느새 비워져 있었다.

"호호호, 건장한 총각들이라 정말 잘 먹네. 밥을 더 가져올까요?"

"죄송합니다. 저희들이 좀 먹성이 좋아서……."

"아니에요. 조금만 기다려요."

자매 중 동생 분이 양푼을 들고 가더니 다시 밥을 하나 가득 담아오셨다.

우리는 체면을 걷어치우고 정신없이 숟가락을 놀리기 시작했고, 두 분이 밥을 다 먹었을 때쯤에는 양푼을 비울 수 있었다.

조금 창피하게도 식탁 위에 푸짐하게 있던 반찬들도 하나도 남지 않았다.

'이런 게 집 밥이라는 건가?'

엄마가 지어준 것 같은 이런 밥을 언제 먹어봤는지 기억이 나지 않는다.

'그러고 보니 아예 기억에 없군.'

아주 어려서부터 스승님에게 맡겨졌다.

밥을 먹으며 눈시울이 붉어진 것을 보니 형도 나랑 같은 생각을 하는 것 같다.

거지처럼 모든 그릇을 비워 버린 탓에 조금 창피하기는 했지만, 진짜 맛있던 터라 인사를 하지 않을 수 없었다.

"정말 잘 먹었습니다."

"오랜만에 진짜 맛있는 밥을 먹은 것 같습니다."

형도 나를 따라서 인사를 했고, 두 분도 기분이 좋은 듯 환하게 웃으시니 창피함이 조금은 가신다.

"호호호, 너무 잘 먹어서 우리가 다 기분이 좋네요."

"그러게, 언니. 우리가 먹던 것과 같은 건데 말이야."

"집에서 먹는 것 같아서 저희는 정말 좋았습니다."

"다행이네요. 아, 연락을 받고 창고는 아는 부동산에 내놓았어요. 도장까지 다 맡겨 놓았으니 가서 계약서에 도장만 찍으면 거기서 알아서 다 해줄 거예요."

"고맙습니다."

"고맙기는요. 우리도 다 돈 받고 하는 일인데. 수고비도 다 계산이 됐고, 서류상으로도 문제가 없을 테니까 걱정하지 말고 가서 계약하기만 하면 될 거예요."

"감사합니다."

"그나저나 그 창고는 계속 사용할 거예요?"

"당분간 그곳에서 머물려고 합니다."

"창고에서요?"

"저희가 가인대학교에 입학할 예정이라서 그곳에서 몇 년간은 살아야 할 것 같습니다."

"그렇군요. 그런데 무슨 과예요?"

"차원정보학과입니다."

"와! 대단하네요. 듣기로는 그 과에 입학하기가 만만치 않다고 하던데."

"그러게."

두 분이 놀란 눈빛으로 우리를 본다.

마치 좋은 대학교에 들어가게 되어 어머니에게 칭찬을 받는 기분이 든다.

"뭘요. 기회가 되어서 추천을 받을 수 있었습니다."

"추천이면 어때요. 잘해 봐요. 차원통제사가 아주 유망한 직종이라고 하던데 말이죠."

"고맙습니다."

"그래요. 바쁠 텐데 어서 가봐요. 우리도 조금 있으면 점심시간이 돼서 바빠지니까요. 계약할 부동산은 길 건너에 있는 천지부동산이에요."

"그렇군요. 알겠습니다. 그럼 안녕히 계세요."

"안녕히 계십시오."

"그래요. 밥 먹고 싶으면 언제든지 와요."

"감사합니다."

두 분에게 인사를 하고 식당을 나왔다.

"좋은 분들 같지 않아?"

"그러게. 그리 멀지도 않고 밥 먹으러 와도 되겠다. 아까 가격표 보니까 값도 정말 싸던데."

"그러자, 형. 공사 현장이라서 그런지 아침 일찍부터 여는 것 같은데 말이야."

"그래."

엄마의 정성이 깃든 것 같은 느낌을 주는 밥은 한번도 먹어보지 않았지만, 조금 전에 먹던 것과 같을 거라는 생각에 형도 두말없이 승낙을 한다.

입맛이 상당히 까다로운 편인데, 무척이나 마음에 든 모양이다.

도로를 건너 천지 부동산에 갔다.

말씀하신 대로 이야기가 모두 끝나서인지 순조롭게 계약을 할 수 있었다.

자매식당의 두 분이 돈이 될 것 같아 매물로 나온 것을 사두었다가 그냥 파는 것으로 꾸며지는 계약이었다.

계좌 거래로 대금을 주고받는 것이 아니라 현금으로 매매 대금을 낸 것으로 영수증까지 꾸며주었다.

법원 등기는 부동산 측에서 알아서 하기로 하고 사흘 후에 등기 권리증을 가져다준다는 말을 듣고 부동산을 나올 수 있었다.

"성찬아, 매매가 성사됐으니 가봐야 하지 않을까? 부동산에서 매매 거래 등록을 했으니 놈들도 바로 알았을 테니 말이다."

"그렇겠네. 곧바로 가보자. 창고를 사놓고 가보지도 않으면 말이 되지를 않으니 말이야."

"그나저나 창고를 사기 전에 둘러보지 않은 것 때문에 이상하게 생각하지 않을까 모르겠다."

"걱정하지 마, 형. 공인중개사가 그랬잖아. 살 곳을 찾으러 왔다가 마침 매물이 나와서 자신이 설득해 산 것으로 한다고 말이야."

"그렇기는 하지만……."

큰아버지와 아버지가 얽혀 있는 일이 어떤 것인지 확실하지 않은 상태에서 능력자들이 감시하고 있으니 주저하는 것 같다.

"놈들은 그런 것까지 신경을 쓰지 않을 거야. 안에 아무것도 없다는 것을 확인하고 나면 국정원 때문에 철수하기 바쁠 테니까."

"휴우, 그래. 네가 그렇다니 일단 가보자."

"하하하, 걱정하지 마, 형."

공사 현장으로 다시 와서 주차해 놓은 차를 타고 창고가 있는 곳으로 향했다.

놈들이 이미 창고 안을 확인한 듯 문이 활짝 열려 있었다.

"문이 열려 있네?"

"그러게. 하지만 아무것도 없는데 상관없지 않냐?"

"하긴."

"하지만 저기 불난 곳도 그렇고, 불량한 아이들이 아지트로 쓸 수도 있으니 갈 때는 닫아놔야겠다."

"그래야겠어. 일단 어디 고칠 곳이 없는지 확인을 좀 해보자, 형."

"그래. 이곳에서 살려면 좀 꾸며야 하니까 치수도 재야겠다."

아직 감시하는 자가 있었기에 일부러 창고 밖에서 대화를 나누며 안으로 들어갔다.

"형, 아주 깨끗한데?"

"그러게. 환기가 되도록 부동산에서 일부로 열어놓은 것 같다. 어디 보자."

성진이 형이 주머니에서 줄자를 꺼내서 여기저기 치수를 재기 시작했다.

공간을 분리해 침실과 부엌, 화장실로 꾸미기 위해서였다.

"자재 값이 만만치 않겠지만 원룸을 계약한 것보다는 나을 것 같다."

"직접 할 거야?"

"남한테 맡기면 돈 들어간다. 보드를 사다가 대고, DIY제품으로 꾸미면 돈도 그다지 많이 들지도 않을 거다."

"얼마나 걸릴까?"

"글쎄, 서두르면 한 이틀 정도면 충분할걸?"

"그럼 그렇게 하자, 형."

"그래, 자재 사러 가야 하니까 나가자."

형과 함께 밖으로 나왔다.

"성찬아, 문 잠가라."

"응, 형."

열쇠는 가지고 있기에 문을 닫고 자물쇠를 잠그는 척하며 놀란 표정을 지었다.

"형! 이리 와봐."

"왜?"

"우리 횡재한 것 같아."

"횡재?"

"이것 봐, 이거!!"

"자물쇠가 왜?"

"이거 마법이 걸려 있는 자물쇠 같아."

"정말이냐?"

"여기 봐. 여기, 마나석 같지 않아?"

"그런 것 같다. 보호 마법이 걸려 있는 자물쇠라면 네 말대로 횡재한 것 같은데."

"일단 잠가놓자. 보호 마법이 걸려 있는 것이라면 열쇠가 없으면 절대 열지 못하니까 말이야."

"알았어, 형. 내가 사진을 찍을 테니까 자재 사러 가면서 한번 알아보자. 잘 팔면 목돈이 될지도 모르니 말이야."

"그래. 어쩌면 창고를 산 돈만큼 나올지도 모르겠다. 그런데 전 주인이 자물쇠를 달라고 하지 않을까?"

"이야기를 들어보니까 전 주인이 와보지도 않고 돈이 될까 싶어서 산거라잖아. 그렇다면 몇 년 동안 전전 주인이 나타나지 않았다는 건데, 상관없을 것 같아. 엄연히 우리가 돈을 주고 산거니 말이야. 계약서에도 일체를 인수받는다고 되어 있으니 법적으로도 문제가 없고."

"그렇겠네. 성찬아, 어서 사진을 찍어서 마켓으로 가보자."

자물쇠를 돌려가며 마법이 적용되는 것으로 보이는 부분을 사진으로 찍었다.

— 감시하고 있는 자들의 능력이 별로인 것 같은데?

— 그런 것 같아, 형.

— 어느 쪽일까?

— 글쎄, 아직 확인이 필요하니까. 조만간 알 수 있을 거야.

— 그나저나 이 자물쇠는 왜 그냥 놔둔 건지 모르겠다. 꽤나

귀할 텐데 말이야.

　— 이걸 어떻게 열었는지 모르지만, 자물쇠에 지반에 고정되는 범위 마법이 걸려 있어서 열쇠가 없이는 절대 가져가지 못하는 거야. 사용할 수도 없고 말이야. 강제로 가져갈 수도 있지만, 그러면 곧바로 파괴되어 버리니 그냥 놔둔 걸 거야.

　— 그런 거구나.

　— 일단 가자. 어차피 따라 올 테니까 말이야.

　— 알았다.

우리를 지켜보는 시선이 있었지만, 상관하지 않고 형과 함께 서둘러 차를 타고 창고를 떠났다.

센터에서 일을 하며 하도 많이 겪어본 상황이라 자연스럽게 행동했다. 감시하는 자들도 우리가 눈치를 챘다는 사실은 알지 못할 것이다.

차를 몰아 일단 차원 교류와 관련한 상품을 파는 마켓으로 갔다.

강남에 있는 차원 상품 마켓 중 하나인 채널 라인은 기존의 건물을 개조해 만든 것이었는데, 육 층짜리 건물이라 제법 큰 규모의 마켓이었다.

주차를 하고 안으로 들어가 안내 창구로 가자 미소가 좋은 여직원이 우리를 맞이했다.

"어떻게 오셨습니까?"

"물건을 좀 확인하고 싶어서요."

"물건이요?"

"이곳에서는 차원 관련 물품을 사기도 한다고 해서 찾아왔습니다."

"매입 창구는 육 층으로 가시면 됩니다, 고객님."

"고맙습니다."

곧바로 엘리베이터를 타고 육 층으로 올라갔다.

"어떻게 오셨습니까?"

매입 창구로 가자 정장을 입은 직원이 우리를 맞았다.

아이템 매니저라는 명찰을 달고 있는 남자 직원이었다.

"물건을 좀 팔까 해서 찾아왔습니다."

"실물을 가져오셨나요? 아니면 사진을 찍어 오셨나요?"

"여기 사진으로 찍어 왔습니다."

핸드폰으로 찍은 사진을 매니저에게 보여주었다.

"혹시 그 앞에 적혀 있는 주소로 사진을 업로드를 시켜주실 수 있겠습니까?"

"마도 네트워크 주소로군요. 알겠습니다."

창구 데스크에 적혀 있는 주소를 사진으로 찍어 활성화시키면 되는 일이기에 곧바로 찍어두었던 자물쇠 사진을 업로드시켰다.

"마도 네트가 참 편리합니다. 사진으로만 찍은 것이어도 마법이 적용된 아이템을 분석할 수 있으니 말입니다. 조금만 기다리시면 분석 결과가 나올 겁니다, 손님."

"그렇군요."

"이야! 이거 상당한 아이템인데요?"

"정말이요?"

"결과가 나왔으니 업로드시킨 화면을 한번 살펴보세요."

업로드시킨 화면을 보니 분석 결과가 나와 있었다.

이미 알고 있는 것이지만 새삼스러운 내용이다.

"세 개의 전격 계열 마법과 자동 탐색 기능을 가진 인증 마법이 걸려 있어요. 이 정도면 A급 진성 능력자라도 절대 열 수 없는 보호 마법이에요. 더 대단한 것은 자물쇠에 걸려 있는 보호 마법에 범위 인식 기능이 걸려 있다는 거예요. 어디다 채우는 것인지 모르지만, 연결된 구조물은 전부 마법으로 보호가 되어 있게 만들어졌네요. 마법 부분을 제외하더라도 대단해요. 자물쇠에 쓰인 마법 금속의 가치만 하더라도 현 시세로 일억 원 정도는 가뿐히 넘어가네요. 혹시 국가기관에서 사용하던 건가요?"

아이템 매니저는 속사포 같이 자물쇠의 분석 내용을 설명하더니 묻는다.

"아닙니다. 저희 창고에 쓰는 겁니다."

"우와! 이런 귀물을 창고 보호용으로 쓴다고요? 설마요."

아이템 매니저가 믿지 못하겠다는 표정이다.

"그건 그렇고, 이걸 팔면 얼마나 받을까요?"

"글쎄요. 이건 제가 가격을 산정할 수가 없을 것 같네요. 구매자에 따라서 가격 변동성이 크거든요. 만약에 파신다면 경매를 권해드리고 싶습니다."

"경매요?"

"수요에 따라서 가격이 천차만별이겠지만, 임자만 제대로 만난다면 최소한 오십억 원 정도 받을 수도 있을 것 같아서 말이죠."

"와, 형, 오십억 원이래!"

"나도 들었다."

"경매에 올리려면 어떻게 해야 합니까?"

"일단 실물을 가지고 오셔야 합니다. 경매는 저희 채널 라인에서 알아서 진행을 하게 됩니다. 판매될 경우 수수료는 일 퍼센트 정도 나올 겁니다."

"채널 라인에서 알아서 진행이 된다고 하는데, 어떻게 되는지 자세히 알고 싶습니다."

"저희 회사에 소속된 전문가들이 매물을 정밀 조사한 후, 경매 최저가가 설정하게 됩니다. 예상이기는 하지만, 아마도 제가 말씀드린 오십억 원 보다는 약간 높게 책정 될 겁니다. 낙찰가가 얼마가 될지는 모르겠지만 경매가 되지 않는다고 해도 본사에서 매입할 수 있는 최저 가격을 산정해서 올리게 되니 최소 오십억 원은 받으실 수 있다고 말씀을 드린 겁니다."

"굉장하군요. 그렇다면 경매를 진행하고 싶은데 어떻게 하나요?"

"여기서 계약서를 작성하시면 보안 요원들이 실물을 가지러 고객님과 동행을 할 겁니다."

"그러죠."

두말할 것 없이 계약하기로 했다.

스페이스의 조언에 따르면 채널 라인에서 제시하는 조건이 그리 나쁘지 않았기 때문이다.

"그런데 고객 보호는 잘 되나요?"

"걱정하지 마십시오. 채널 라인에서는 고객 보안에 관한 사고가 지금까지 한번도 없었습니다."

"잘 됐네요. 계약서 주시죠."

"감사합니다."

아이템 매니저는 기쁜 듯이 뒤로 가서 계약서를 가지고 왔다.

"자, 여기, 표준 계약서입니다. 읽어보면 아시겠지만, 다른 회사보다 고객님께 유리하도록 되어 있습니다. 확인이 필요하면 마도 네트워크를 통해 다른 회사의 계약서를 살펴보십시오."

말을 하면서도 자신 있어 하는 표정이 아주 좋았다.

"믿을 수 있는 분인 것 같은데, 그냥 하겠습니다."

"하하하, 감사합니다. 분석 자료를 보시면 시리얼 넘버가 있을 겁니다. 경매 물건 란에 그걸 적으시고, 맨 밑에 사인을 하시면 계약이 성립됩니다."

"그러죠."

핸드폰으로 업로드를 하면서 내 신분도 등록이 되는 터라 서로 간의 신분을 확인할 필요는 없었다.

매니저는 표준 계약서를 받아들더니 확인을 하고 스캐너에 올려놓았다.

― 마스터, 마법 인식 계약입니다. 계약에 관한 사항이 마도 네트워크에 올려지고, 계약 내용이 당사자에게 인식되는 것과 동시에 위반할 경우 본성에 타격을 주는 터라 해지가 불가능한 계약입니다.

― 그렇군.

스캐너에서 빛이 퍼지는 것과 동시에 계약서가 푸른빛에 휩싸인 후 사라졌다.

"계약이 체결되었습니다. 확인해 보십시오."

계약서 자체에 마법이 걸려 있어 마도 네트워크에 등록이 되는 터라 스캐너에는 아무것도 남아 있지 않았다.

"등록이 되었군요. 잘 부탁드립니다."

"보안 요원을 부를 테니 잠시 기다리십시오."

"그러시죠."

얼마 지나지 않아 보호 마법이 걸려 있는 자물쇠를 인수하기 위한 보안 요원들이 도착을 했고, 우리는 곧바로 창고로 향했다.

창고로 도착한 후, 열쇠로 열고 자물쇠를 보안 요원에게 넘겼다.

열쇠는 낙찰이 된 후 사용자 인식 전환을 해야 하는 터라 내가 가지고 있기로 되어 있었다.

인수인계 절차도 마도 네트워크에 등록하기만 하면 되는 거라 아주 간단했다.

그렇게 자물쇠를 가지고 보안 요원들이 돌아가고 난 뒤 형은 아직도 얼떨떨한 듯 고개를 젓는다.

"형, 왜?"

"성찬아, 자물쇠 하나로 최소 오십억 원을 받을 수 있다니⋯ 아직도 믿을 수가 없다."

마법에 대한 인식이 그리 높지 않은 성진이 형이니 놀랄 만도 했다.

"형, 마법 금속으로 만들어진 것이고, 범위를 지정할 수 있는 거라 그런 걸 거야."

"성찬아, 그렇다고 그렇게 비쌀 수가 있는 거냐?"

아무래도 설명을 해줘야 할 것 같다.

"형, 대부분의 보호 마법은 보안 개념이 있어. 사용자를 따라 출입문에 보호 장치를 가동시키거나 중단시키는 종류였지. 대상 전체를 보호하지 않는 것이 일반적이야. 하지만 경매에 맡긴 자물쇠는 달라. 출입문의 개폐뿐만 아니라 공간 자체도 보호하도록 만들어져 있으니 말이야."

"한마디로 일반 보호 마법은 땅을 파고 들어오면 도둑을 막을 방법이 없지만, 아까 그 자물쇠는 그냥 채우는 것만으로 공간 전체를 인식해 보호한다는 말이구나."

"맞아. 자물쇠 하나로 공간 전체를 보호할 수 있다는 것은 아주 큰 장점이 있어. 엄청난 돈이 들어가는 공간 결계를 칠 필요도 없고, 인식 차단 장치도 설치할 필요가 없어. 더군다나 간편하게 들고 다니며, 언제 어디든 설치할 수 있으니 최저 금액을 오십억 원으로 잡은 걸 거야."

"야, 그러면 우리 정말 횡재를 한 거구나."

"맞아. 걸려 있는 마법들이 다른 차원에서도 구하기 힘든 것이니 더욱 그럴 거야."

"그런데 자물쇠를 필요로 하는 곳이 있을까?"

"능력자들이 있는 이상 필요한 곳은 아주 많을 거야. 이능을 가진 자들로부터 보호해야 할 것들은 널리고 널렸을 테니까 말이야."

"이거 얼마에 낙찰이 될지 기대되는데. 잘하면 필요한 자금도 확보할 수 있고 말이야."

"경매에서 낙찰가가 얼마나 나올지는 모르지만 어쩌면 일이 생각보다 쉬워질 수도 있을 테니까 다행이야. 그러니 하나씩 준비를 해가자, 형."

"그래. 일단 창고를 주거 용도로 바꿔야 하니까 자재나 사러 가자."

"알았어."

형과 함께 건재상을 돌며 창고를 주거 용도로 바꾸기 위한 자재들을 구매했다.

다행히 다음날 오전 중으로 전부 배달이 된다고 해서 사는데 필요한 살림살이들을 장만하기 위해 마트와 여러 군데를 들러서 주문을 했다.

그렇게 어느 정도 준비를 끝내고 난 뒤, 학교 근처에 있는 맛나분식으로 가서 늦은 점심을 먹었다.

점심 식사를 하며 스페이스의 도움을 얻어 박근호라는 사람에 대해서 살펴봤다.

1차 각성으로 얻은 본성이 무엇인지는 모르지만 꿈의 초대를 받은 각성자가 맞기는 한 것 같다.

― 스페이스, 차원정보학과에 원서를 제출한 사람들은 전부 살펴봤어?

― 예, 마스터.

― 그들 중에 꿈의 초대를 받은 것으로 보이는 이들이 있는지 확인이 가능할까?

— 서류뿐이라 아직 어려운 상태입니다. 입학을 하고 마스터 께서 만나시게 되면 확인이 가능할 것 같습니다.

— 아르고스의 표적으로 상정이 된 이후에나 판단이 가능하 다는 거군.

— 그렇습니다.

— 알았어. 꿈의 초대를 받은 이들은 차원통제사나 마찬가지 니까 최대한 많이 찾아줘. 우리 일을 위해서는 가장 필요한 사 람들이니까 말이야.

— 예, 마스터.

식사를 끝낸 후 곧바로 계산을 하고 나왔다.

이제 팀원들을 만날 시간이었다.

팀원들을 만나기는 하지만 직접 만나는 것은 아니다.

창고에서의 일로 인해 직접 만나기는 어려울 것 같아서 학교 주변에 몇 가지 기호를 남겨 두었다.

이럴 경우를 예상해 만들어둔 계획이 있기 때문이다.

분식점을 나와 학교로 가다보니 길목에 표시해 둔 기호에 변 화가 생겼다.

우리가 전달한 내용을 확인했고, 지시를 이행했다는 내용이 새로 적혀 있었다.

— 물건들은 팀원들이 무사히 인수를 한 것 같다.

— 열쇠가 잘 도착한 것 같아서 다행이야.

지하철 물품 보관소에 필요한 것들을 넣어 놓고 열쇠는 팀원들만 아는 장소에 가져다 놓았다.

변경된 표시는 예비 계획에 따라 물건과 지시 사항을 잘 인수했다는 것이었기에 안심할 수 있었다.

— 센터에서의 일은 걱정하지 않아도 될 것 같다.

— 그것들이 있으면 팀원들을 어떻게 할 수 있는 자들은 S급들뿐이니까.

— 그래도 당분간 적응을 해야 될 거야. 사용법을 남겨 놓기는 했지만, 까다로운 것들이니까 말이야.

— 그렇기는 하지.

팀원들에게 보낸 물건들 중에는 타클라마칸 사막에서 작전을 수행하던 중에 우연히 얻었던 유물들이 들어 있다.

에고로의 전환이 완전히 끝나 전송시켰던 것이다.

스페이스가 유물의 의지를 에고로 전환시키는 동안 자세하게 살펴보고 난 뒤에 특별한 기능이 있음을 알아냈다.

내가 발견한 유물들은 의지가 없더라도 본래 사용자를 능력자로 만들어주는 아티팩트였다.

2차 각성을 촉발하는 다른 유물들과는 달리 의지가 없으면서도 거의 S급에 달하는 능력을 발휘할 수 있는 진짜 아티팩트 말이다.

시바와 관련이 없는 것들인데 시바를 모시는 자들에 의해 신물로 섬김을 받으면서 일종의 염원이 모이게 됐고, 그러다가 스승님이 가지신 유물로 인해 의지를 가지게 된 케이스였다.

스페이스가 에고로 수월하게 전환시킬 수 있던 것도 본래부터 가지고 있는 의지가 아니었기에 가능한 일이었다.

에고를 사용하지 않더라도 내가 동봉한 사용법을 완전히 익히고 같이 보낸 장비들과 함께 사용한다면 S급 진성 능력자들을 충분히 상대할 수 있을 만큼 대단한 아티팩트였다.

지금은 사용할 수 있는 시간에 제약이 있기는 하지만 2차 각성을 끝내고 에고를 사용한다면 얼마나 강한 능력자가 될지 정말 기대가 된다.

— 그나저나 그동안 모은 정보라면 대충 세 사람으로 압축이 되는데, 팀원들만으로 감시가 가능할까?

— 가능할 거야. 아티팩트도 있고, 그만 한 능력이 있어서 센터의 알파 요원까지 됐으니 말이야.

— 네가 그렇다면 그렇겠지.

팀원들의 정보를 모두 알고 있는 것은 나뿐이다.

형도 팀원들이 어떤 능력을 가지고 있는지 대충 짐작만 할 뿐, 정확히는 모른다.

게이트를 닫는 일에 적합하도록 움직이니 자신의 능력을 전부 선보일 기회가 없어서 그렇지, 팀원들은 다양한 능력을 가지고 있다.

아직 2차 각성을 하지 않아서 잠재력이 얼마나 폭발할지 모르지만, 지금만으로도 아주 대단한 능력들을 가졌다.

감시를 해야 할 자들이 대한민국에서 최고의 능력을 가진 자들이라고는 하지만 내가 보낸 아티팩트와 장비라면 충분히 감시할 수 있을 것이다.

'그나저나 피안이 아쉽군. 정보전에 있어서 만큼은 정말 특별한 능력을 가지고 있는데 말이야.'

센터 내에서 제5열과 배후를 찾아내기 위해서는 피안의 정보전 능력이 아주 유용한데 없어서 무척이나 아쉬웠다.

'왜 그랬는지 알아내야 한다. 피안을 속박하는 것이 무엇인지 모르지만, 팀장으로서 없애주어야만 하니까.'

배신을 하기는 했지만, 피안의 본의가 아니었을 것이다.

눈에 괴로운 빛이 역력했으니 말이다.

피안이 그런 상황에 처하게 된 것은 모두가 내 책임이다.

목적이 있어서 들어가게 된 센터이지만, 피안이 내가 맡은 사람인 이상 좀 더 살피고 위험에 처하지 않게 해야 했는데 말이다.

— 성찬아, 피안을 생각하는 거냐?

— 응, 형.

— 피안은 절대 자신의 욕망을 위해 동료를 배신할 사람이 아니니 무엇인가 이유가 있을 거다.

— 나도 알아, 형.

게이트 소거 작전을 실행하면서 몇 번의 위기를 겪었다.

생명에 위협을 느낀 적도 있었다.

피안은 나를 대신해 죽음을 무릅쓰고 적을 저지하기 위해 남을 정도로 진한 동료애를 가지고 있는 사람이다.

동료를 위해서 자신의 죽음도 불사하는 사람이 욕망을 위해서 배신을 했을 리 없을 것이다.

― 파헤치다 보면 피안이 왜 그랬는지 알아낼 수 있을 거다. 피안이 동료들을 배신하게 만든 자들은 내가 결코 용서하지 않을 거다.

― 나도 그래, 형.

나도 형과 마찬가지다.

피안의 배신 뒤에는 대륙천안이 있는 것이 분명하다.

괴로운 선택을 하게 만든 자들을 결코 용서하지 않을 것이다.

― 성찬아, 팀원들은 알아서 잘할 테니, 어서 가자. 준비할 것이 많다.

― 알았어, 형.

주차장에 가서 차를 타고 이동을 한 후에 등산 용품점에 가서 야전 침구를 샀다.

공사를 하는 동안 창고 안에서 잘 생각이지만, 아직은 추운 날씨라 구입한 것이었다.

그리고 철물점에 들러 두께가 5미리미터짜리 철판과 자물쇠도 하나 샀다.

철판은 고기를 굽기 위해서고, 자물쇠는 문을 잠글 때 사용하기 위해서였다.

그리고 마트에 가서 냄비와 식기, 식재료 등을 사서 창고로 돌아갔다.

창고에 차를 대고 공장이 불타고 난 뒤 골조를 무너트린 폐허로 가서 타다만 목재들을 창고 근처로 옮겼다.

반으로 잘라 놓은 드럼통이 있기에, 그 안에 불을 지필 생각이었다.

반쯤 불에 탄 목재들은 바짝 말라 있는 탓에 불을 아주 쉽게 붙일 수 있었다.

숯불이 될 때까지 그냥 놔두고 창고 안에 있는 식수대에서 식재료들을 다듬었다.

다듬은 식재료들은 비닐 팩에 담아 한쪽에 놔두었다.

냉장고가 없어도 날이 추운 탓에 식재료들이 상하지 않아서 다행이었다.

아직 햇빛이 남아 있지만 어느 정도 서산으로 기울어 금방 밤이 될 것이기에 저녁 준비를 서둘렀다.

어느 정도 불이 잦아든 드럼통 위에 철판을 올리고 씻은 쌀이 담겨 있는 압력 밥솥을 올려두었다.

"형, 숯 좀 가져다 넣어줘."

"알았다."

공장이 불타고 난 잔해에는 숯이 아주 많았기에 손쉽게 구할수 있어 형이 가져다 넣고, 상자로 부채질을 했다.

밥은 조금 있으면 다 될 것 같다. 다듬은 식재료는 내일 먹을양을 남겨두고 가지고 나왔다.

물이 담긴 냄비에 바지락과 썬 채소들, 두부와 함께 된장을넣고 밥솥 옆에 놓았다.

철판이 붉게 달아오르기 시작했으니 조금만 기다리면 될 것같다.

잠시 후에 찌개가 끓어오르기 시작하자 벌겋게 불타는 숯들을 꺼내 불기운을 조금 줄였다.

"성찬아, 어둡다."

"바깥쪽 불을 좀 켜면 될 거야, 형. 안으로 들어가서 왼쪽에있는 스위치를 켜줘."

"알았다."

야간에 작업할 때를 대비에 창고 앞으로 비추는 조명이 지붕에 설치되어 있기에 형이 불을 켜자 마당이 환해졌다.

달아오른 철판이 약간 식어가며 뜸이 드는지 수증기 내뿜는소리와 함께 밥 냄새가 퍼지기 시작했다.

옆에서 끓고 있는 된장찌개 냄새도 아주 그럴 듯 했다.

"슬슬 시작해 볼까."

마트에서 다른 식재료들과 함께 저녁 식사로 먹기 위해 돼지 목살을 4킬로그램 샀다.

정육 코너에서 껍데기가 붙은 비계를 따로 썰어달라고 했기에 그것을 꺼내 자른 뒤 철판 위에 올려놓고, 젓가락으로 누르며 비비자 기름이 나왔다.

그렇게 철판위를 비계로 비비고, 키친타월로 다시 한번 닦아낸 후 비계를 여러 개로 잘라 철판위에 골고루 올려놓았다.

비계와 껍데기가 익어가며 기름을 내기 시작했고, 철판 위로 번지며 흰 연기를 내뿜기 시작했을 때 한쪽 옆으로 치운 후 목살을 올려놓았다.

치—이익!

꿀꺽!

뜨거운 철판 위에서 들리는 소리에 형이 군침을 삼킨다.

"다들 돌아간 것 같다, 성찬아."

"알았어, 형. 구멍을 뚫을게."

철판구이도 좋지만 불향이 스며든 고기가 더 맛있다.

감시자들도 모두 철수했기에 젓가락으로 철판에 일정한 간격을 두고 구멍을 뚫었다.

"훨씬 나은 것 같다."

"그러게. 불 조절하기도 쉽고. 형은 밥 좀 퍼줘."

"알았다."

형이 압력 밥솥을 꺼내 밥을 펐고, 나는 쌈 채소와 쌈장, 그리고 마트에서 사온 김치를 가져와 폐허에서 구해온 벽돌을 쌓아 만든 간이 식탁 위에 놓았다.

　집게로 몇 번 뒤집자 불이 워낙 좋아서 그런지 고기는 아주 잘 익어가고 있었다.

　잘 구워진 목살을 가위로 먹기 좋은 크기로 자른 다음 불타 폐허가 된 창고를 보며 먹기 시작했다.

　— 형, 이제 시작이다.

　— 그래, 시작이다. 그동안 고생했다. 센터의 일이 남았지만 여기까지 온 것만 해도 꿈만 같다.

　— 형이 없었으면 여기까지 못 왔을 거야.

　— 나도 네가 없었으면 여기까지 못 왔을 거다, 성찬아.

　— 앞으로 조금만 더 고생하자.

　— 그래, 너도 힘내라. 그리고 때가 되면 모두 알려 주고.

　— 미안해, 형. 2차 각성이 끝나면 모두 이야기 해 줄게.

　— 자식, 괜찮다. 나에게 알려줘도 됐으면 진즉에 이야기 했겠지. 어떤 일이 닥쳐도 난 널 믿는다.

　— 고마워.

　언제나 그렇지만 날 믿어주는 형이 너무 고맙다.

제 7 장

센터에서 일하기 시작한 것은 스스로를 지킬 능력을 얻기 위해서이기도 하지만, 사실 2차 각성 시 폭발적인 성장하기 위해서인 이유가 컸다.

모두가 앞으로 5년 후의 일을 대비하기 위해다.

두 분의 면회가 되지 않는 상황에서 공장을 찾아갔을 때 위험에 직면한 후에 고민을 많이 했다.

교도소에 계신 두 분은 우리가 졸업하고 일 년 후, 앞으로 정확하게 5년 후에 출소를 하지만, 그때 두 분을 볼 수 있을 것이라고는 장담을 하지 못하는 상황이었기 때문이다.

그때, 스승님의 권유로 센터의 일에 뛰어 들었다.

형은 나 혼자만 위험한 곳에 보낼 수 없다고 센터에 같이 들어갔다.

　사실 조금 망설였지만 스승님께서 센터의 일을 권유하기 전에 주신 아버지가 남긴 편지를 읽고 난 후에 결심을 할 수 있었다.

　남기신 편지에 쓰여 있던 것은 두 가지였다.

　아버지는 자신이 만든 것들을 반드시 회수해야 한다고 말씀하셨다.

　그리고 그것들을 가지고 각성의 요람이라고 알려진 그곳으로 가서 2차 각성을 해야 한다고 쓰여 있었다.

　표면적으로 밝혀진 것 이외에는 아무것도 알 수가 없었지만, 아버지가 얽힌 사건의 이면에는 거대한 음모가 도사리고 있는 것이 확실했다.

　센터의 일을 하면서 틈틈이 알아봤지만, 두 분이 정확하게 어떤 사건에 얽혔는지 전혀 파악이 되지 않았다. 하지만 한 가지 결론을 내릴 수 있었다.

　아버지가 얽힌 사건처럼 정보가 차단되는 것은 차원간의 문제와 관련이 있는 것뿐이라는 것이다.

　아버지가 부탁하신 것이 2차 각성 시 폭발적으로 성장하기 위해 필요한 것이라는 것을 통해 더욱 확실해졌다.

　중국에 있으면서 아버지가 차원 관련 사건에 얽혀 있다는 것을 깨닫고 계획을 세웠다.

두 분이 출소하지 못할 경우를 대비한 것이었다.

이제 어느 정도 능력이 생겼고, 학교를 졸업하고 그곳에 가게 되면 우리는 2차 각성을 통해 놀라운 능력을 가지게 될 것이다.

현화를 통해 우리를 지원하기 위한 세력이 구축될 것이고, 중국에 있는 창투를 통해 막대한 자금이 조달될 터이니 내가 세운 계획이 반쯤 완성이 된 것이나 마찬가지다.

아직 센터의 일이 문제기는 하지만 국정원이 나선 이상 센터장이 알아서 정리할 것이고, 이제부터는 계획에 집중할 때다.

'러시아에서도 그렇고, 중국에서도 그렇고. 어쩌면 아버지는 이 모든 상황을 예견하셨을지 모른다. 남기신 편지뿐만이 아니라 암자에 오셨을 때 간혹 해주신 말씀 속의 것들과 인연이 닿아 여기까지 왔으니 말이다. 이제부터는 두 분 주변에 어떤 일이 벌어지고 있는지 파헤쳐야 할 때다.'

아버지가 안배한 것인지는 몰라도 계획한 대로 지금까지는 잘 진행이 되어왔다.

앞으로 계속해서 문제가 생길 테지만, 어떻게든 헤쳐 나갈 자신이 있다.

'쩝! 맛있군.'

자신감이 생기니 고기 맛이 훨씬 좋은 것 같다.

이빨 사이로 씹히는 고기에서 육즙이 터지는 것을 느끼며 먹는 것에 집중하기 시작했다.

철판 위에 고기가 몇 점 밖에 보이지 않는다.

형은 텔레파시를 끝내자마자 먹는 것에 집중한 모양인 듯하다.

고기를 새로 올리고 구웠다.

구워지기 무섭게 이제는 밥과 고기를 쌈 채소에 싼 후 먹기 시작했다.

먹어야 힘이 나는 법이다.

그렇게 푸짐한 저녁 식사를 끝내고 나서 창고 안을 살피기 시작했다. 전등들은 나간 것이 하나도 없어서 창고를 둘러보는 데 문제는 없었다.

"페인트칠을 해서 별것 아닌 것처럼 보이지만, 자재들이 보통이 아니다."

"그런 것 같아. 인식 차단 장치를 설치하기 위해 최적화되어 있는 패턴을 자재 내부에 장치한다는 게 쉬운 일은 아니니 말이야."

"도대체 두 분은 여기서 뭘 했던 걸까? 차원 관련 장비를 만드셨다는 것은 알지만, 이 정도로 비밀리에 만드셨다면 굉장할 텐데 말이야."

"나도 궁금하기는 마찬가지야, 형."

알 수 없는 미지의 공간에서 얻은 것들은 아직은 형에게 말할 수 없다.

지하에 있는 비밀 공간도 마찬가지다.

형의 본성은 불굴의 투사다.

무척이나 강인하고, 올곧은 본성이라 다른 것에 영향을 받기 쉬운 터라 알려서는 안 된다.

다른 에너지에 영향을 받거나 심경에 타격을 받으면 2차 각성에 지대한 영향을 미치니 말이다.

특히나 1차 각성을 끝내고 꿈의 초대를 받은 이들은 이런 경향이 강하다.

자칫 본성이 변질 된다면 좋지 않게 각성을 해 문제가 될 수도 있기에 2차 각성을 할 때까지 감추고 있는 것이다.

그럼에도 다른 대차원의 게이트를 닫는 센터의 일을 하는 것은 본성이 요구하는 일이기 때문이다.

불굴의 투사라는 본성의 부제가 차원의 수호였기에 다른 대차원의 게이트 소거 작업은 형의 본성을 강화시키는 일일 뿐이었기에 가능한 일이었다.

우리가 센터에 들어갈 수 있도록 스승님이 손을 쓴 이유도 이 때문이다. 형의 본성을 해치지 않고 능력을 강화시킬 수 있는 최선의 방법이었을 테니 말이다.

"구조물을 짓는 데 이 정도 자재가 들어갔다면 설계를 잘해야 할 것 같다. 우리에게 필요한 비밀 공간 확보도 필요하고 말이야."

"그래야 될 것 같아. 이곳이 앞으로 우리의 아지트가 될 테니까 말이야."

"자금이 급해서 경매에 넘기기는 했지만 조금 아쉽다. 여기를 좀 더 확인해 볼걸……."

"아쉬워 할 필요 없어. 공간 전체에 보호 마법을 걸 수는 있겠지만, 그다지 필요한 것도 아니니 말이야. 그리고 자물쇠에 걸린 마법 패턴은 모두 기억하고 있으니 인챈트하는 법만 배우는 나도 할 수 있을 것 같기도 하고."

"정말이냐?"

"사실이야. 학교에 들어가서 마법을 배우게 되면 한번 실험을 해볼 생각이야."

내가 관여되어 있지만 실제로 자물쇠를 만든 것은 스페이스라 학교에 입학하게 되면 내가 실제 제작해 보고 싶은 게 사실이다.

"그래, 한번 해봐라. 앞으로 많이 필요할지도 모르니 말이야."

"알았어."

비밀 거점들이 많이 필요하다.

특히나 해결사 노릇과 우리의 계획을 실행하려면 말이다.

자물쇠로 거점을 보호할 수 있으니 인챈트 마법을 무조건 배워볼 생각이다.

하워드 대사는 마도 네트워크를 통해 오늘 확인한 사항을 보고한 후 본국에서 내려오는 훈령을 기다리고 있었다.

들인 노력에 비해 초라한 보고 내용이었지만, 일을 마무리 지었기에 어딘가 홀가분해 보이는 표정이었다.

'국정원이 움직이기 전에 다 끝낼 수 있어서 다행이었다.'

30여 년간 외교부에서 근무한 하워드는 초임 시절인 대변혁 이전에 한국에서 근무한 경험이 있다.

당시 한국에서 미국 외교관의 위상이 하늘을 찔렀지만, 지금은 아니었다.

국익에 해가 된다면 미국 대사라 할지라도 제거하는 자들이 바로 국정원이었다.

새로운 차원 기술이 적용된 장비에 대한 단서가 있을 것으로 보였던 창고를 확인하는 것을 국정원에서 알았다면 지금 이 자리에 있을 수 없다는 것을 하워드는 누구보다 잘 알았다.

'아무것도 없었기는 하지만 보호 마법이 걸려 있는 아이템이 있던 것을 보면, 우리가 그곳을 확인했다는 것만으로도 일을 저지를 놈들이니까.'

지반 범위로 고정하여 보호하는 마법이 새겨져 있는 아이템이 탐나긴 하지만 가져오지 않은 이유도 국정원이 있기 때문이었다. 국정원이라면 추적해 낼 테고, 좋지 않은 상황에 직면했을지 몰랐다.

'놈들이라면 내가 대사라고 해도 차원 관련 기술을 빼냈다는 죄목으로 즉결 처분을 했을지도 모르지. S급 능력자인 제임스

도 당했을 테고……. 그나저나 훈령이 왜 떨어지지 않는 거지? 뭔가 문제라도 있나?'

보고한 후 상당한 시간이 지났기에 하워드는 마도 네트워크에 떠 있는 자신의 계정을 살폈다.

훈령이 떨어졌다면 변화가 있을 것이기 때문이었다.

'왔군.'

얼마 지나지 않아 메시지가 도착했다는 알림이 떴다.

암호화된 것이라 다운로드 받은 하워드는 복호화한 후 본국에서 내려온 훈령을 확인했다.

'그 자물쇠가 경매로 올라왔다는 건가?'

훈령의 내용은 자신이 보고한 내용 중에 있던 보호 마법이 걸려 있는 자물쇠를 확보하라는 내용이었다.

'경매에 올라왔다고 하는 것을 보면 창고를 산 자들이 채널 라인에 정식으로 의뢰를 한 모양이로군. 본국에서는 그 자물쇠와 새로운 차원 기술이 관련이 있다고 생각하는 건가?'

S급 진성 능력자인 제임스도 처음 보는 유형의 보호 마법이라고 확인한 내용을 첨부했으니 그렇게 판단할 만도 했다는 생각이 들었다.

'그건 그렇고, 창고를 산 자들을 조사하라는 건가? 그자들은 해결사들이니 조사한 내용만 보고하면 되겠군. 그럼 자물쇠만 확보하면 되는 건가?'

하워드는 창고를 산 자들에 대해 이미 조사를 끝냈기에 대수롭지 않게 생각했다.

금액이 얼마가 되었든 간에 반드시 자물쇠를 확보하라는 훈령 때문이기도 했지만, 지금까지 조사한 바로는 창고를 산 자들은 해결사들이라 사라진 자들과는 관련이 없다는 것이 확인이 되었기 때문이었다.

창고를 산 자들은 어려서부터 암자에서 길러진 고아였다.

그리고 유물을 통해 각성을 한 후, 해결사 노릇을 하고 있는 자들이었다.

교도소에 들어간 이후 감쪽같이 사라진 자들과는 접점이 하나도 없었다.

'그나저나 국정원만 아니라면 그냥 가지고 왔을 텐데 덕분에 그 자식들만 횡재를 했군. 하지만 어쩔 수 없지. 놈들이 경매에 올리는 바람에 확보할 수 있게 되었으니 말이야.'

국정원에서는 창고가 사라진 자들과 관련이 있다는 것을 아직 모르고 있었기에 다행이었다.

'일이 복잡해질 수도 있을 테니 국정원에서 나서기 전에 바로 매입을 해야겠군.'

사라진 자들에 대해서는 모르고 있을지라도 경매에 올라온 물건 때문에 국정원이 나설 가능성이 있기에 하워드는 서둘러 매입을 하기로 했다.

최저 가격에 두 배 정도 부르면 충분히 확보할 수 있을 것이고, 미국 대사관을 보호하기 위한 장치로 구입한다고 하면 문제가 없을 것이라는 판단에서였다.

"이런!!"

채널 라인의 홈페이지에 들어가 경매 건을 확인한 하워드는 놀라야 했다.

자신이 예상한 것보다 가격이 훨씬 높아져 있었기 때문이다.

그가 예상했던 두 배의 가격은 이미 예전에 넘어 이백억 원대에 호가가 형성이 되어 계속 올라가고 있었다.

"노리는 자들이 한둘이 아니로군. 반드시 확보해야 하는 물건이니까……."

하워드는 인증을 마친 후 곧바로 경매에 참여를 했고, 계속해서 금액을 입력해야 했다.

하루가 넘도록 계속 가격을 수정하며 업로드시키던 하워드가 최종 가격으로 써넣은 금액은 스무 배가 훨씬 넘어 있었다.

경매는 전 세계적으로 진행되고 있었다. 무엇보다 마도 네트워크를 활용할 수 있는 국가는 전부 참여한 것 같았다.

가격이 500억 원이 넘어가자 호가를 부르는 이들이 셋으로 압축이 되었다.

이미 본국으로부터 가격은 무제한이라는 보장을 받은 하워드는 상대보다 1억 원을 더 입력하는 식으로 낙찰 받기를 희망했다.

마침내 하루가 지나고 낙찰을 받을 수 있었다.

"정말 이 금액으로 살 가치가 있는 건가?"

낙찰가는 1,113억 원!

최종적으로 낙찰을 받아 본국의 지시를 완수하기는 했지만, 하워드는 입맛이 썼다.

자신이 생각해 봐도 너무 과한 금액이었다.

"그래도 할 수 없지. 적용된 마법을 역으로 풀어내서 마법식을 카피할 수 있다면 지금 투자한 금액은 아무것도 아닐 수도 있으니 말이야."

미국은 비밀이 많은 나라다.

수많은 비밀 기지들과 첨단 기술과 관련한 기업들은 각국의 스파이들이 군침을 흘리는 먹잇감이었다.

능력자들이 판치는 세상이었다.

그런 이들을 효과적으로 대응할 수 있는 보호 마법을 통해 비밀을 보호할 수 있다면 투자한 금액은 정말 아무것도 아닐 수도 있었기에 하워드는 아쉬움을 달랬다.

삐이!

물건을 확보했기에 하워드는 인터폰을 들어 보안 팀장인 제임스를 호출했다.

─ 무슨 일이십니까? 대사님.

"내일 채널 라인으로 가서 낙찰된 물건을 받아 판매자에게 가서 사용권을 인수받은 후 평택을 통해 본국으로 직접 운송하도록 하시오."

— 그 물건입니까?

"그렇소. 혹시라도 노리는 자들이 있을지도 모르니 주의해야 할 거요. 특히 국정원 요원들을 경계해야 하오. 한국에서 그런 것들이 빠져나가는 것을 극도로 싫어하는 자들이니 말이오."

— 염려하지 마십시오.

"그럼 제임스만 믿겠소."

— 예, 대사님.

제임스가 물건을 인수하면 곧장 본국으로 갈 것이다.

S급 진성 능력자가 수송을 맡았고, 폐쇄까지 1년도 채 남지 않은 평택에 있는 공군기지로 가서 군용기를 타게 되면 국정원의 손길을 벗어날 수 있을 것이기에 그나마 안심이 되었다.

"보고서만 써서 보내면 이번 일을 끝나게 되겠군."

낙찰을 받은 상황과 창고 건물을 인수한 이들에 대한 보고를 끝으로 지시받은 일들이 모두 끝나기에 하워드는 서둘러 보고서를 작성하고 그동안 수집한 자료를 첨부해 마도 네트워크를 통해 전송을 했다.

보고서 전송이 끝나고 얼마 지나지 않아 본국으로부터 다시 메시지가 왔다.

암호를 입력하고 내용을 확인한 하워드는 추가 지시에 미간을 찌푸렸다.

본국의 지시는 의외였다.

창고를 매입하고 자물쇠를 경매에 올린 두 사람에 대한 감시 임무였다.

"조사를 해봐도 별 볼일 없는 자들인데 한 달간 감시를 하라는 말인가?"

유물 능력자로 보이기는 하지만 대사관에 상주하는 보안 팀원 중에 A급 진성 능력자들로 한 달 동안 24시간 감시한 후 보고하라는 지시는 과한 면이 없지 않았다.

"할 수 없지. 차원 관련 사항은 내가 판단할 수 있는 사항이 아니니 말이야."

삐!

하워드는 다시 보안팀을 호출하는 인터폰을 눌렀다.

철수하던 보안 팀원들을 다시 투입하기 위해서였다.

창고 안을 주거용으로 개조할 준비를 할 무렵에 내 명의로 된 등기 권리증을 공인중개사가 가지고 왔다.

예정보다 일찍 가져온 등기 권리증을 살펴보니 생각했던 것과는 조금 달랐다.

물건의 형식이 창고가 아니라 주택으로 되어 있기 때문이었다.

"형."

"왜?"

"이거 대수선 신고를 해야 할 것 같은데?"

"대수선?"

"이거 창고가 아니라 주택으로 등록이 된 것 같아."

"뭐? 주택? 일단 확인해 보자."

형이 놀라며 등기 권리증을 들어 살폈다.

등기 권리증에 명시된 내용을 보니 주택으로 되어 있기에 마도 네트워크로 들어가 공공 기관 항목에 접속을 한 후 건축물 대장을 확인했다.

"정말 주택으로 되어 있네."

"설계도를 한번 볼까?"

현실은 창고인데 주택으로 되어 있는 것이 이상해 설계도면을 불러 올렸다.

지금은 창고지만 본래는 일반 주택처럼 방과 화장실 등이 있는 설계도가 화면에 올라왔다.

"원래 도면이 따로 있구나. 성찬아 이 설계도대로 해도 크게 문제가 될 것은 없을 것 같은데?"

"신고하려면 복잡하니 도면대로 복원하고 몇 가지만 고치면 사는데 별 문제가 없을 것 같다, 형."

"자재는 충분히 주문을 했으니 이대로 가고, 배관이랑 주방 쪽만 좀 손을 보면 될 것 같다."

"좋았어. 지금부터 시작하자."

"그래."

배관은 기존에 다 설치되어 있어 추가로 연결만 하면 되기에 벽체를 설치하기 위해 바닥에 앵커를 박고 고정시키는 작업을 했다.

나와 형밖에 없었지만 능력을 사용할 수 있기에 벽체를 완성하는 것은 금방이었다.

벽체를 설치하고 난 뒤에 스페이스의 도움을 받아 강화 마법을 비롯해 항온, 항습이 되도록 추가적인 마법을 부여했다.

마법을 펼치는 모습에 형이 무척이나 놀라는 듯 했지만, 역시나 자세한 것은 묻지 않았다.

내가 마법을 부여한 탓에 냉난방을 별도로 할 필요가 없다는 사실에 그저 좋아할 뿐이었다.

그렇게 1차 작업이 끝난 후 해결사 노릇을 할 때 필요한 장비를 보관할 비밀 보관실을 각각 설치를 했다.

은폐 마법과 인식 마법을 동시에 적용해 형과 내가 아니면 열 수 없도록 해놓았다.

기본적인 작업은 다 끝냈기에 각자 취향에 맞추어 내장 작업을 진행했다.

자재는 모두 반제품 형태로 구매를 한 것들이라서 저녁이 될 무렵에는 내장 작업을 끝낼 수 있었다.

지하에 있는 창고들은 굳이 손댈 필요가 없었기에 그냥 놔두기로 했다.

"휴우, 오늘 할 일은 대충 끝난 것 같다. 내일 주방을 만들고 가구랑 살림살이만 들여 놓으면 다 끝나겠다."

"형, 고생했어."

"너도 고생했다. 피곤하니까 저녁은 나가서 먹도록 하자."

"어디로 갈까?"

"맛나분식으로 가자."

"알았어."

문을 닫고 자물쇠로 잠근 후 내가 운전을 해서 차를 몰고 학교로 갔다.

주차를 하고, 맛나분식으로 가자 늦은 시간임에도 손님이 꽤나 많이 있었다.

배가 많이 고팠기에 식탁에 자리를 잡자마자 각자 먹고 싶은 것을 다섯 가지씩 주문을 했다.

오늘도 우리가 먹을 음식은 박근호라는 사람이 만들었다.

음식을 만들면서 우리를 보고 미소를 짓는 것을 보니 기분이 좋은 것 같다.

우리가 그릇을 비우는 시간을 맞춘 듯이 음식들이 차례로 나왔고, 주변 사람들이 쳐다보든 말든 신경을 쓰지 않고 입속으로 들이부었다.

주문한 음식을 다 먹고 나올 때 주방 쪽을 향해 인사를 하자 우릴 좋게 본 모양인지 박근호도 웃으며 인사를 받아주었다.

— 의외로 쉽게 친해질 수 있겠다.

— 그럴 것 같아.

— 내일 새벽부터 작업을 하려면 일찍 자야 하니 어서 가자.

— 알았어, 형.

차를 몰고 집으로 돌아와 대충 씻은 후 침낭 안으로 들어가 잠을 청하려 했다.

딩동!

메시지 알림 음에 확인을 하기 위해 핸드폰을 열자 채널 라인에서 보내 온 것이 있었다.

"형, 경매가 끝난 것 같은데?"

"얼마에 낙찰된 거냐?"

"이야! 천백십삼억 원이나 돼."

"뭐?"

"세금 떼고도 칠백억 원이 넘어."

"이야, 정말 횡재한 것 같다."

"그러게."

예상보다 높은 가격이 나왔다.

아공간에 있는 것들은 아직 세상에 내보낼 수가 없어 자금을 조달할 여유가 없었는데 잘된 일인 것 같다.

"누가 낙찰 받은 거냐?"

"어디보자……. 미국 대사관이네."

"미국 대사관에서?"

"미국이야 보호할 것이 많으니 필요했을 거야, 형. 마법을 카피할 생각도 가지고 있을 테고 말이야."

"그럴 수도 있겠다. 덕분에 넉넉하게 자금이 모였으니 우리로서는 좋은 일이지만 말이야."

"그래, 이만 자자. 내일은 할일이 많으니 말이야."

"그래, 자자."

엄청난 돈이기는 해도, 나도 그렇고, 형도 그리 큰 감흥은 없다.

어차피 그 돈으로 한국에 기반을 만드는데 투자할 생각이니 말이다.

당장 급한 것은 내일 집을 꾸미는 일이니 일단 자기로 했다.

— 스페이스, 내일이나 모레 열쇠에 사용자 인식을 해주러 가야 할 텐데 이상은 없는 거지?

— 카피하기 쉽도록 만들어 두었으니 걱정하지 마십시오.

— 미국에서 어떤 일이 일어나고 있는지 알 수 있는 중요한 일이니까 알아차리지 못하도록 신경을 좀 써.

— 예, 마스터.

미국에서도 큰아버지와 아버지에게 관심을 두고 있기에 자물쇠에 몇 가지 추가적인 마법을 설치했다.

보호 마법이 발동한 후 인식 범위에 들어가는 공간에 대한 정보를 스페이스에게 전송하는 마법이다.

두 분이 빠진 음모의 실체를 알 수 있을지도 모른다는 기대감과 함께 미국에서 어떤 일이 일어나는지 알기 위한 일종의 도청 장치라고 할 수 있다.

아침 일찍 깬 우리는 간단히 아침을 먹은 후 공사를 시작했다.

공장 폐허에서 가지고 온 적벽돌을 재활용해서 주방에 빈티 지나는 화덕과 아일랜드형 식탁을 만들었고, 배관 작업 등 내장 이 미진한 부분에 대해서도 마무리를 지었다.

11시가 조금 넘을 무렵에는 가구와 가전제품, 그리고 살림살 이들이 도착해 설치를 마치자 그제야 사람 사는 곳 같아졌다.

설치 기사들이 다 돌아가고 점심을 만들어 먹고, 설거지를 하고 있는데 강력한 에너지 파동이 느껴졌다.

— 형, 누군가 오는 것 같은데?

— 알고 있다.

— 아무래도 낙찰 받은 미국 대사관에서 사용권을 인수받기 위해 사람이 온 것 같아.

— 적어도 S급인 것 같은데 저런 사람을 보낸 것을 보면 아주 중요하게 생각하는 모양이다.

— 그런 것 같아.

― 성찬아, 자칫 시비에 휘말릴 수도 있으니 인식만 끝내고 돌려보내도록 해라.

― 내가 알아서 할게.

형과 텔레파시로 대화를 나누는 동안에 창고 앞에 밴이 하나 도착했다.

차 소리가 났는데 가만히 있으면 안 될 것 같아 일단 문을 열었다.

― 훨씬 대단한 능력자인 것 같다.

― 그러게.

밴에서 내린 검은색 정장 차림의 사나이의 몸에서 기세가 흘러나온다.

우리 둘에게만 집중된 기세다.

무려 S급 진성 능력자라서 그런지 전해지는 압박이 장난이 아니었다.

― 우리를 시험하기 위해 일부러 기세를 보이는 건가 본데 모르는 척하고 있어, 형. 저래봐야 자물쇠에 대해서는 알지 못할 테니 말이야.

― 난 그냥 설거지나 하련다.

― 그래, 형.

아무래도 우리에 대해 감시나 조사가 진행되고 있는 것 같다.

국정원이 눈을 시퍼렇게 뜨고 있는데 이러는 것을 보면 그만큼 중요한 사안이라는 이야기였기에 흥미가 돋았다.

"어떻게 오셨습니까?"

"저는 제임스라고 합니다. 귀하께서 경매에 올리신 물건을 낙찰 받은 미국 대사관에서 왔습니다."

상당히 매끄러운 한국말로 자신을 소개하는 것을 보니 오랫동안 대사관에 근무한 모양이다.

"그렇군요. 하지만 채널 라인에서는 사람이 오지 않았는데요?"

"잠시 후면 도착을 할 겁니다."

"그럼 기다리죠. 내부가 공사 중이라 차에서 기다리는 편이 좋은 겁니다. 저는 설거지를 해야 해서……."

양해를 구하고 문을 닫은 후 안으로 들어왔다.

"그냥 있지."

"채널 라인에서 오면 그때 보면 되지 뭐. 일단 설거지나 끝내자."

"그래."

설거지를 거의 끝마칠 때쯤 다시 차 소리가 들렸다.

"나갔다가 올게."

"그래라."

밖으로 나가자 채널 라인에서 아이템 매니저와 보안 요원들이 차에서 내리고 있었다.

"안녕하십니까?"

"네, 매니저님. 열쇠를 저기 저분에게 인계하면 되는 건가요?"

"그렇습니다. 사용자 인식을 해제하고, 넘기는 것으로 경매 물건에 대한 인계인수가 완료되니 말입니다."

"그렇게 하도록 하죠."

주머니에서 열쇠를 꺼내 의지를 일으켜 사용자 인식을 해제 시킨 후에 아이템 매니저에 넘겼다.

"자, 여기 있습니다. 사용자로 인식된 사람이 없으니 인식하시면 됩니다."

"알겠습니다."

제임스가 열쇠를 집어 들었다.

생체 정보가 인식되어 사용자로 등록이 되는 시간은 얼마 걸리지 않았다.

"이제 인계인수가 끝났습니다. 채널 라인에서는 윤성찬 고객님께 경매 대금을 송금하도록 하겠습니다. 아시다시피 수수료와 세금을 공제한 금액이 송금될 겁니다. 자, 됐습니다. 한번 확인해 보시죠."

마도 네트워크를 열어 잔액을 확인했다.

매니저가 말한 경매 대금이 이상 없이 입금이 되어 있었다.

"확인하셨으니 저희는 그만 가보도록 하겠습니다. 좋은 물건을 저희에게 맡겨 주셔서 감사합니다, 고객님."

"고생했습니다. 운이 좋게도 이런 날이 오네요."

"그럼, 저희는 이만."

아이템 매니저는 보안 요원들과 함께 차를 올라타 곧바로 떠났다.

현장에 남아 있던 제임스도 고개를 조금 숙여보이고는 벤을 타고 마당을 빠져나갔다.

― 형, 감시자를 둘 모양이야. 에너지 스펙트럼으로 봐서는 미국 대사관에 있던 자들이 틀림없는 것 같아.

― 국정원과 사이가 껄끄러워질 텐데, 신경을 쓰지 않는 모양이다.

― 그리 오래 감시하지는 않을 거야. 감시해 봤자 나올 것도 없으니 말이야.

― 그렇기는 하지만 누군가의 감시를 받는 것이 그리 유쾌한 일은 아닌 것 같다.

― 맞아. 더러운 기분이지.

― 그런데 현화 씨는 어떻게 할 거냐? 이렇게 계속 감시를 한다면 만나기 어려울 텐데 말이다.

― 굳이 현화를 만나지 않아도 연락할 방법이 있으니까 걱정하지 마, 형.

― 그래, 알았다.

오면서부터 의식을 일부 연결을 해두었으니 아르고스로 파악한 제임스나 주변에서 감시하고 있는 자들에 대해서 현화가 아는 것은 아주 쉬운 일이다.

벤이 오는 순간부터 이미 의식을 공유하며 상대에 대해 파악을 하고 있을 테니 당분간 현화는 이곳에 오지 않을 것이다.

그리고 어쩌면 우리와 거리를 두어야 하기에 영원히 이곳에 오지 않을 수도 있다.

"마저 정리하고 나가자. 오늘 같은 날 한잔 마셔야 하지 않겠니?"

"그렇게 하자."

형이 군이 술을 마시러 가자고 한 것은 주변에서 우리를 감시하고 있는 자들의 수준과 성향을 정확하게 파악하기 위해서다.

미국에서 우리를 어떻게 보고 있는지, 무엇을 알려고 하는지 알기 위해서 말이다.

곧바로 자물쇠를 걸어 문을 잠근 후 차는 그냥 놔둔 채 걸어서 갔다.

— 세 명 전부 최소한 A급 진성 능력자들 같은데?

— 둘은 은신 계열인 것 같고, 멀리 떨어져 있는 자는 타격 계열인 것을 보면 우리가 자물쇠를 어떻게 소유하게 됐는지 알아보려는 것 같아.

— 그건 부동산에서 알아보지 않았을까?

— 매매를 해서 우리가 창고를 샀다는 것은 대충 알아냈겠지만, 자세한 정보를 얻기가 어려웠을 테니 확인을 하려는 것 같아.

— 얼마나 갈 것 같냐?

— 글쎄. 보호 마법이 걸린 자물쇠의 출처에 대한 의문이 풀리기 전까지는 감시를 할 것 같은데.

— 그렇겠지. 그 정도 마법이 걸려 있는 아이템은 드물 테니까 말이야. 저들을 따돌릴 방법은 있는 거냐?

— 생각해 둔 것이 있으니 걱정하지 마.

— 두 분하고 관련이 있는 것 같아서 마법에 대해서는 묻지 않았지만, 놈들이 우리 곁에 오래 있는 것은 좋지 않으니 잘 처리해라.

— 알았어, 형.

우리를 둘러싸고 있는 포메이션과 능력자들의 성향을 통해 뭘 하려는지 알 수 있었기에 빠른 걸음으로 도로로 나가 천호동으로 가는 버스를 탔다.

버스를 탄 후에 평이 좋고 안주도 맛있는 술집을 마도 네트워크를 통해 찾을 수 있었기에 그리로 갔다.

술집에서 형과 함께 술을 마시며 스페이스를 통해 감시하고 있는 자들이 주고받는 통신을 감청했다.

대부분 텔레파시를 사용하기는 했지만 간혹 핸드폰으로 대사관에게 보고를 하는 터라 저들의 목적을 확인할 수 있었다.

— 형, 한 달 정도 감시를 할 모양이야.

— 한 달?

— 보호 마법이 걸린 자물쇠의 출처에 대해 우리가 알고 있는지 확인을 하려고 하는 것 같아.

— 우리에 대해서는 아는 것 같냐?

— 그런 것 같지는 않아. 주고받는 내용으로 봐서 우리가 누구인지 알면 가만히 있을 것 같지는 않으니 말이야.

— 그나마 다행이네. 놈들이 철수하기 전까지는 최대한 조심을 해야겠다.

— 알았어.

돼지 뒷고기를 안주로 해서 둘이서 잔을 주고받으며 세 시간 가까이 술을 마셨다.

고기질도 좋았지만, 소스나 밑반찬이 훌륭한 탓에 꽤 많은 술을 마실 수 있었다.

"형, 이제 그만 가자. 차 끊어지겠다."

"택시타고 가자. 집까지 들어갈지는 모르지만 안 되면 도로에서 내려 걸어가도 되니까."

"그러자."

자리에서 일어나 카운터로 향했다.

"계산 부탁드립니다."

"하하하, 정말 많이 드셨네요. 여기서 장사한 지 십 년이 넘었지만 손님처럼 드시는 분들은 처음인 것 같습니다. 능력자 중에서도 이렇게 많이 드시는 분이 드문데 말이죠."

둘이서 30인분이 넘게 고기를 먹고, 열 병이 넘는 소주를 마시고도 취기만 약간 오른 상태라서 그런지 계산을 하는데 가게 주인이 상당히 놀라는 눈치다.

"아주 맛있어서 저희도 모르게 그렇게 먹은 것 같네요."

"제가 소주는 열 병 값까지만 받겠습니다. 나머지 세 병은 서비스입니다."

"고맙습니다."

카드를 내밀어 계산을 끝내고 가게를 나왔다.

— 하하하, 저자들도 고역이었겠다.

— 그러게.

무려 세 시간이 넘도록 술과 고기를 먹고 나오는 길이다.

감시하는 자들도 가게로 들어와야 했기에 옆에서 술과 고기를 시켜 먹어야 했다.

아무리 능력자라고 해도 우리처럼 많은 양을 먹을 수 없을 것이기에 자리를 지키느라 꽤나 고생을 했을 것이다.

도로에서 택시를 잡아타고 집으로 향했다.

집 앞까지 택시가 들어가서 다행이었다.

— 고기 냄새를 풀풀 풍기면서 감시를 하는 것을 보니 아직 초보 수준인 것 같다.

— 그렇겠지. 능력자들의 입국은 철저하게 감시하니 베테랑들은 들어오기 힘들었을 거야. 제임스라는 작자는 상무관이니

제외하더라도 말이야.

— 그렇겠지. 잠재적 위협이 될 수도 있으니까.

유물 능력자의 경우 폭주가 일어날 수도 있기에 외교관으로 파견되는 자들은 모두 철저하게 훈련을 받은 진성 능력자들이다.

외교관으로는 절대 베테랑 능력자를 보내지 않는다.

진성 능력자들의 경우 제약이 덜하기에 파견국에서 위협적인 존재가 될 수도 있어 감시를 철저히 하기 때문이다.

초보티를 풀풀 날리는 진성 능력자들의 감시 속에 자물쇠를 따고 안으로 들어갔다.

그리고 샤워 부스에서 몸을 씻은 후 침대로 가서 잠자리에 들었다.

— 교대를 하려는 모양이다, 성찬아.

— 그러게. 아마도 24시간 풀로 감시를 하려는 모양인 듯해.

조금 전에 멀리서 차가 한 대 주차하더니 강한 에너지를 가진 세 명이 내려서 감시하고 있는 자들에게로 갔고, 기존의 감시자들은 곧바로 차로 가서 타고 떠났다.

— 밤새 고생하라고 하고 이만 자자.

— 그래, 형. 잘 자.

— 너도 잘 자라.

◈　　　◈　　　◈

　낙찰 받은 물건을 가지고 본국으로 떠난 제임스를 대신해 경비 요원들을 지휘하고 있는 올랜드는 감시를 끝내고 대사관으로 돌아 온 후 곧바로 하워드 대사를 찾았다.

　"수고했네."

　"아닙니다, 대사님."

　"제임스 상무관이 확인한 내용은 들었네만, B급 유물 능력자로 보인다고?"

　"그런 것 같습니다. 확인해 본 결과 한국에서 말하는 해결사라는 프리랜서로 활동하고 있는 자들입니다."

　"매매 과정은 조사가 끝났나?"

　"차원정보학과에 입학하기 위해 방을 구하다가 싼 가격으로 나와서 구입한 것으로 확인이 됐습니다. 상무관님과 갔을 때 얼핏 보니 창고 안을 주거지로 바꾼 지 얼마 되지 않은 것으로 보였습니다."

　"유물 능력자인데 차원정보학과에 입학을 하려는 것을 보니 유물의 의지를 제압한 모양이로군."

　"그렇지 않으면 다른 차원의 이동이 제한되니 그런 것 같습니다. 매년 정신 감정과 폭주 여부를 검사받는데도 불구하고 차원정보학과에 가려는 것을 보면 제약을 풀어줄 다른 차원의 신물을 찾고 있는 것이 분명합니다."

"불가능한 일에 도전하는군."

"젊은 나이이니 그럴 수도 있을 겁니다. 의지를 제압했다고는 하지만, 인생 말년에 비참해질 수도 있으니 말입니다."

"하긴."

"그나저나 대사님, 중국과 한국의 물밑 전쟁이 심각해지는 상황이라 인력이 부족한 상태인데 이렇게 감시를 할 필요가 있을지 모르겠습니다."

상황이 끝났음에도 계속 감시한다는 것은 낭비이기에 올랜드가 고개를 저으며 말했다.

본국의 방침이 마음에 들지 않았던 것이다.

"어쩔 수 없네. 나도 시간 낭비인 것 같지만, 본국에서 훈령이 내려온 이상 말이야."

"그자들에 대한 사항은 제임스 상무관도 확인을 끝낸 만큼 한국 내 정보 수집에 차질을 빚을 수 있으니 이번 감시 건은 철회해 달라고 본국에 건의를 해보시는 것은 어떻습니까?"

대변혁 이전에는 중앙 정보국 요원들이 대한민국을 안방처럼 누비며 활동을 했지만, 대변혁 이후에 달라졌다.

중국과의 전쟁 전, 한국 내에서 스파이 활동을 하던 세계 각국의 요원들이 삼 개월이라는 짧은 시간에 간첩죄로 체포되어 싹쓸이된 이후부터다.

능력자란 존재가 본격적으로 정보 요원으로 활동하기 시작하면서 대한민국 국가 정보원은 스파이 활동에 대해 엄중하게 대처하기 시작했다.

여느 나라와는 달리 철두철미하게 색출해 간첩죄로 처벌함으로써 정보 요원들이 발을 붙이는 것은 불가능한 상황이 되어버렸다.

그나마 대사관 보호라는 명목으로 능력자를 경비 요원으로 두고 정보를 수집하는 것이 전부였다.

한국은 차원 교류가 아주 활발한 국가라 정보를 수집해야 할 일이 많지만, 국정원으로 인해 활동에 제약을 받는 만큼 일에 치이고 있는 실정이라 건의를 한 것이다.

"그렇지 않아도 이미 제임스 상무관에게 이곳 의견을 전달하라고 한 상태네. 본국에 도착하면 잘 말해줄 걸세."

"그러시군요."

"인력이 없어서 답답하겠지만 조금만 참게. 제임스 상무관이 이번에 스페셜 요원들과 함께 올 테니 말이네."

"스페셜 요원이 말입니까?"

중국과 한국의 정보전이 점점 치열해지는 상황이라 올랜드는 기대감에 부풀었다.

"미안하지만 그들은 따로 맡은 일이 있네. 그자들에 대한 감시는 이번에 오는 스페셜 요원들이 맡을 걸세."

"으음, 뭔가 있군요?"

스페셜 요원 한국에 들어온 것이 밝혀진다면 외교적으로 문제가 될 수 있었다.

더군다나 한국은 지금 세계 각국의 이목이 집중되어 있어 각국 대사관이 정보 수집에 혈안이 되어 있는데도 불구하고 고작 두 사람을 감시하기 그들이 들어온다는 것은 일이 중대하다는 것을 의미 했다.

"나도 자세한 것은 모르지만, 본국에서 아주 중요하게 생각하고 있다는 것은 틀림없는 것 같네. 주변 정세가 심각한데도 요원들을 증원시키지 않았는데 말이야."

"본국에서 관심을 갖는 이유가 있겠지요. 알겠습니다, 대사님. 제임스 상무관이 올 때까지는 철저히 감시하도록 하겠습니다."

하워드 대사도 자세한 내막을 모르는 상황에서 스페셜 요원이 한국으로 들어와 감시를 맡는다면 심각한 일일 가능성이 높기에 올랜드는 생각을 달리했다.

'내가 놓친 것이 있을 수도 있으니 아무래도 처음부터 다시 한번 훑어봐야겠군.'

경매 물건을 낙찰 받은 후라 국정원에서 대사관의 움직임을 주시하고 있어 어려울 수도 있겠지만, 올랜드는 성찬과 성진에 대한 조사를 다시 진행하기로 했다.

제 8 장

주택처럼 모두 꾸미고 난 후, 조심스럽게 몸을 단련하며 지내다가 마침내 면접 일이 다가왔다.

며칠 전에 맞춘 정장을 꺼내 입고 학교에 갈 준비를 했다.

"괜찮겠냐?"

"괜찮을 거야. 연락도 받았잖아."

"그렇기는 하지. 얼른 가자."

센터에서 손을 써 추천을 했다는 전화를 받았기에 걱정하지 않고 형과 함께 차를 타고 학교로 갔다.

학생회관에 마련된 면접 장소로 갔다.

"성찬아, 면접관 중에 특별한 능력을 가진 자들이 나올 텐데,

괜찮을까?"

추천을 받았기에 적성 검사를 받지는 않았지만 면접관으로 나온 이가 진실의 눈이라는 능력을 가지고 있기에 걱정이 되는 것 같다.

"이미 질문 내용도 확인했고, 그동안 주의를 기울였으니 문제는 없을 거야."

"그렇기는 하지만……."

암자에서 학교를 다니기는 했지만, 의무교육인 중학교까지만이었다.

암자 생활로 인해 고등학교를 검정고시로 마쳤기에 학교생활에 대해서 두려움을 가지고 있는 성진이 형은 아직도 불안감을 떨치지 못했다.

"크크, 팀원들이 형 이런 모습을 보면 놀리겠다."

"그래도 할 수 없다. 이런 경험은 처음이니 말이다. 어서 들어가자."

불안해하면서 면접 장소로 갔지만 면접은 아주 간단했다.

사소한 것까지 꼬치꼬치 캐묻는 것이 아니라, 예정된 질문에 답변하면 되는 것이기 때문이었다.

질문의 수는 모두 세 가지였다.

살인은 한 적이 있는가와 다른 차원의 종족을 어떻게 보는지, 그리고 꿈이 무엇인지에 대해서였으니 형이나 나나 탈락 요건에 걸리는 것이 하나도 없던 것이다.

면접이 끝나고 사흘 뒤 합격자가 발표가 되었다.

야간 학과라고는 하지만 신입생 OT는 합격자 발표가 되고 일주일이 지난 후 주간에 실시되었다.

학비를 납입한 사람들에 대해서만 실시되는 것이었는데, 당연하게도 합격자 전원이 참석을 했다.

학과의 특성과 커리큘럼에 대한 정보가 제공이 되었고, 교수진들이 소개되었다. 야간 학과라고는 하지만 누구나 인정할 만한 빵빵한 사람들로 구성이 되어 있다.

맛나분식에서 일하던 박근호와 안면을 틀 수 있었다. 그동안 밥을 먹으러 들락거린 터라 쉽게 친해진 것이다.

특히나 동갑이고, 음식에 대한 남다른 관심으로 성진이 형과는 친구가 되기로 했다.

그렇게 학사 일정이 시작이 될 때까지 감시는 계속이 되었다.

감시가 시작되고 사흘부터는 차원이 다른 자들이 달라붙었기에 형과 나는 매사에 조심스러울 수밖에 없었다.

유물 능력자가 아니라는 사실이 놈들에게 흘러 들어가면 곤란할 수도 있겠지만, 교수진 중에 국정원 출신이 있어서 학교 내에서 우리들의 입시 정보가 철저히 관리되는 터라 문제가 없을 것 같아 그냥 놔두었다.

학교생활은 재미있었다.

이미 주간에 차원정보학과를 두고 있던 학교답게 군과 센터에서 배웠던 것보다 더욱 자세해서 도움이 되는 정보를 많이 얻을 수 있기에 학업에 열중할 수 있었다.

차원정보학과의 커리큘럼은 상당히 방대했다. 다른 차원에 대한 정보는 물론, 능력자들이 쓰는 이능과 개인의 전투 능력을 키우는 것까지 차원과 관련한 것들은 모두 다 들어 있었다.

그렇게 차원통제사가 되기 위해 학업에 매진하는 가운데 낮에는 건축원으로 일을 했다.

말이 건축원이지 공사 현장에서 막노동을 하는 것이었는데, 모두가 우리를 감시하고 있는 자들 때문이었다.

당장은 해결사 일을 할 수 없기에 건물을 차명으로 맡아주던 자매식당에 가서 부탁을 한 덕분에 아파트 공사 현장에서 일을 얻을 수 있던 것이다.

그렇게 생활하는 동안 중간고사가 치러졌지만, 감시자들은 우리 곁을 떠나지 않았다.

학업에는 방해가 되지는 않았지만, 워낙 집요하게 붙어 있는 터라 활동에는 제약이 많았다.

그리 즐겁지 않은 일상이었지만, 그나마 소소한 즐거움을 찾을 수 있었는데, 바로 음식이었다.

하나는 낮에 아버지 가게 일을 도우며 새로운 메뉴를 개발하는 근호 형이 만든 것들을 평가해 주는 것이고, 다른 하나는 공사 현장에서 일을 하다가 자매식당으로 가서 식사를 하는 것이었다.

아파트 공사 현장에서 일을 했기에 아침과 점심은 자매식당에서 저녁은 맛나분식에 가서 해결을 했다. 우리에게는 그나마 즐거운 시간이었다.

그러다가 재미있는 일이 생겼다.

자매식당이라는 이름으로 식당을 운영하던 사장님으로부터 뜻밖의 제안을 받았기 때문이었다.

자매식당이라는 이름 그대로 자매가 주인이었는데, 정말 뜻밖에도 두 분은 자매식당을 운영하면서 해결사에게 의뢰를 중개하는 일도 겸하고 있었다. 그래서 우리에게 해결사 일을 제안한 것이다.

현화가 유물 능력자들 차분히 영입하고 있지만 답답한 상황이었는데, 의뢰를 받아 해결사의 세계에 발을 디딜 수 있어서 다행이 아닐 수 없었다.

우리가 두말없이 해결사 일을 하겠다고 승낙을 하자 두 분 사장님 중 언니 분께서 우리 주변에 감시자가 있다는 것을 알려줬다.

사실 그 이유 때문에 우리에게 제안한 이유가 컸다는 말씀을 하셨다.

두 분은 우리가 차원정보학과에 다니고 있다는 것을 알고 있었다. 차원통제사가 되려는 학생들을 노리는 이들이 많아 위험한 상황이라고 판단해서 그런 제안을 하신 것이었다.

우리가 두 분의 중개한 의뢰를 수락하면 소속된 능력자들로 하여금 감시하고 있는 자들을 물러나게 해줄 수 있다는 말씀을 하셨기에 두말없이 승낙을 했다.

얼마 지나지 않아 두 분은 곧바로 능력자들을 동원했고, 우리를 감시하고 있던 자들이 깨끗하게 철수를 했다.

두 분은 우리가 생각하지도 않은 방법을 썼다.

국정원에서 제시한 의뢰를 받은 후 해결사들 주변에 정체를 알 수 없는 능력자들이 움직이고 있다는 정보를 흘려 넣어 직접 손을 쓰지 않고도 처리를 한 것이었다.

대사관에 근무한다고 하더라도 간첩죄로 찍히면 상당한 처벌을 받을 수 있기에 국정원에 자신들의 행적이 노출될까 두려워 철수한 것이 분명했다.

의뢰는 방학에 집중적으로 수행하기로 했기에 평상시에는 건축 관련 일을 하면서 시간이 지나기를 기다렸다.

그러다가 여름방학이 시작되면서부터 의뢰를 맡을 수 있었다.

위험한 전투 임무가 아니라 유물을 찾는 것이 주류를 이루었지만, 의뢰를 수행하면서 해결사 세계에 대해 상세하게 알 수 있었다.

해결사들이 받는 생각보다 의뢰하는 것이 그리 많지는 않았다.

어느 정도 실력이 있고 유물의 의지를 제압한 이들은 차원통제사의 꿈을 꾸는 이들의 개인 교사 일을 하거나 기업의 의뢰를 받아 산업스파이를 막는 일을 하는 경우가 많다.

그다음으로 많은 것은 능력자 세력 간의 이권 다툼에 뛰어드는 경우다.

진성 능력자나 유물 능력자 중 고위 능력자의 경우 상당수가 자신만의 세력을 구축하고 있었다.

상권이나 차원 교류와 같은 이권이 많이 걸려 있는 만큼 충돌이 잦을 수밖에 없는 터라 동원되는 경우가 많았다.

그리고 능력을 이용해 유물을 추적하는 것인데, 발견하면 대박을 치지만 그렇지 않은 경우가 대부분이라 그렇게 많지 않았다.

제일 쉬운 일은 범죄지만, 그런 일에 능력을 사용하는 자들은 극히 드물다.

본성에 타격을 입는 만큼 유물 능력자의 경우 폭주를 유발할 수 있고, 진성 능력자의 경우 능력을 아예 잃을 수 있는 터라 범죄에 가담하는 경우가 거의 없기 때문이다.

우리가 자매식당의 두 사장님을 통해 의뢰를 받은 일들은 주로 유물 추적이었다.

우리가 유물을 얻기 위해 추적하는 것이 아니라, 누군가가 유물의 정보를 제공하고 그것을 찾아달라는 의뢰였다.

유물을 찾을 시 10억 원이 수고비로 지급되고, 찾지 못할 경우에는 1억 원 정도를 받는 의뢰였다.

얻게 되면 능력자가 될 수 있는 터라 유물에 대한 정보는 극도의 보안이 요구되었고, 우리가 찾는다는 사실조차 알려져서는 안 될 정도로 조심스럽게 움직여야 했다.

쉽다고 생각하지는 않았다. 막상 뛰어들고 보니 절대 녹록한 일이 아니었지만, 나에게는 그리 어렵지 않았다.

아르고스의 눈이 있기 때문이다.

정보를 받으면 스페이스와 함께 정보를 분석해 유물이 있을 만한 곳을 선정해 아르고스의 눈으로 조사하는 것이라 열 건의 의뢰 중 한두 건은 성공을 할 수 있었다.

실패한 경우의 대부분은 다른 이가 이미 유물을 얻었거나, 실존하지 않는 것이고, 이에 대한 명확한 증거를 제시해 신뢰감을 얻음으로써 우리 둘은 해결사 사회에서 점차 자리를 잡아갈 수 있었다.

그렇게 학교에 들어간 지 1년이 지나고, 2학년 여름 방학이 시작되는 오늘, 우리들은 두 분으로부터 색다른 의뢰를 받을 수 있었다.

그것은 다름 아닌 게이트를 찾아내는 일이었다.

'센터에서 하던 일을 의뢰로 받은 터라 놀라지 않을 수 없었지. 그것도 찾는 것뿐만 아니라 게이트를 닫는 것까지 포함된 의뢰였으니 말이야.'

우리가 이모라고 부르게 된 두 사장님은 극도의 보안을 요청하며 제안을 했고, 우리는 승낙을 했다.

그동안 팀원들이 센터에 대해 조사를 하면서 얻어낸 정보 때문이었다.

대통령 직속으로 국정원과는 별개로 운용이 되던 센터는 이제 유명무실해졌다.

1학년 여름방학이 끝나갈 무렵 센터장이 종적을 감췄고, 센터의 일에 관여하던 고위직들 또한 소리 소문 없이 사라져 버렸기 때문이다.

팀원들이 조사하며 찾아낸 정보를 통해 내린 결론은 제5열을 찾지 못하자 센터장이 고위직들을 모두 제거하여 센터를 유명무실하게 만들고, 관련된 정보를 모두 가지고 사라졌다는 것이다.

그런 와중에 게이트를 닫는 의뢰를 받았으니 흥미가 돋지 않을 수 없었다.

어쩌면 의뢰를 주는 곳이 센터장과 관련이 있을 수도 있기 때문이었다.

요원들만 있다면 센터를 다시 운영하는 것은 어렵지 않다.

센터의 모든 정보를 가지고 있는 센터장이라면 이런 식으로 움직일 수 있을 것이기에 의뢰를 수락한 것이기도 했다.

"성찬아, 성진아. 의뢰를 받아 줘서 고맙다. 믿고 맡길 만한 사람들이 없어서 애를 먹었거든."

"그렇게 보안이 중요한 일인가요?"

"그래, 의뢰를 받은 게이트가 일반적으로 알려진 것과는 너무 달라서 말이야."

"뭐가 어떻게 다른 겁니까?"

"그런 게이트가 열리면서 발산한 에너지가 아주 특이하다. 그것 때문에 심각한 문제가 유발되었거든."

"그게 무슨 말씀이시죠?"

"게이트가 열리며 발산되는 에너지가 능력자의 본성에 변화를 불러일으켜서 문제가 심각한 상황이다."

"본성을 변화시키는 것도 그렇고, 문제가 생기다니 이해를 할 수가 없네요."

"카오스 상태에 가까운 것이라서 그런지 능력자가 그 에너지에 노출되어 본성이 오염되면 범죄를 저질러도 아무런 타격을 받지 않게 되어버렸다. 더군다나 본성에 타격을 받지 않고 능력까지 향상이 되니 문제일 수밖에."

"으음, 특이하군요."

처음 들어보는 정보다.

발산되는 에너지로 인해 다른 대차원과 지구 대차원이 연결되어 미지의 존재가 넘어올 것을 염려해 게이트를 닫아왔기 때문이다.

"우리를 택하신 이유는 뭐죠?"

"게이트에서 발산되는 에너지로 변화된 능력자들을 찾아낼수도 없고, 제지할 수 있는 방법도 없다. 게이트를 닫는 것이 유일한 방안인데, 본성에 변화를 일으키니 능력자를 투입할 수도 없는 상태다. 그래서 너희들에게 제안을 한 거다. 너희들은 능력자가 아니지만 그에 버금가는 힘을 가지고 있기 때문이지. 게이트에서 발산되는 에너지는 오직 능력자에게만 그런 문제를 일으키니까 말이야."

"그렇군요. 그럼 의뢰는 어떻게 받죠?"

"우선 의뢰를 받기 전에 게이트를 닫는 법을 배우게 될 거다. 완전히 숙달이 되고 난 후부터 의뢰를 할 거다. 변종 게이트가 나타날 징조가 탐색이 되면 마도 네트워크를 통해 너희들에게 메시지가 갈 거다. 장소는 물론이고, 관련된 정보를 모두 포함해서 말이야. 너희들은 게이트가 열리는 장소로 가서 그걸 닫으면 된다."

"흥미롭네요. 게이트를 닫는 법은 어떻게 배우죠?"

"그건 인화가 알려줄 거다."

"알겠습니다. 이미 의뢰를 맡기로 승낙을 했으니 배우도록 하지요."

"그럼 인화를 따라가라. 이런 곳에서 알려 줄 수 있는 것이 아니니 말이야."

"예, 큰 이모."

"그럼, 날 따라와."

작은 이모께서 자리에서 일어나 자매식당을 나서자 형과 나도 곧바로 뒤를 따랐다.

게이트를 닫는 법을 배운 것은 공사 현장에서 그리 멀리 떨어지지 않은 곳에 있는 건물 지하에서였다.

약간의 변형이 있기는 하지만 대부분 알고 있는 것들이라서 그런지 게이트를 닫는 방법을 배우는 것은 아주 빨랐다.

반나절 만에 습득을 하자 작은 이모가 놀라는 눈치였다.

"정말 대단하다. 자질이 상당하다는 것은 알고 있지만, 배우는데 하루도 걸리지 않다니 말이야."

"작은 이모께서 잘 가르쳐 주신 덕분이죠, 뭐."

"아니야. 이렇게 빨리 배우는 것을 처음이야. 다 배웠으니 장비를 줘야겠지? 잠시만 기다려."

작은 이모는 지하실에 우리를 남기고 잠시 어디를 가더니 팔찌 두 개를 가지고 왔다.

변형된 아티팩트였다.

"이것들을 손목에 차고 동기화시켜라. 동기화하는 방법은 학교에서 배웠지?"

"예, 작은 이모."

형도, 나도 의지를 일으켜 팔찌와 감응하기 위해 노력하는 모습을 보였다.

단번에 감응을 끝낸다면 의심할 수도 있어서였다.

팟!

감응이 끝나자 몸에 전투형 슈트가 입혀졌다.

아공간으로부터 소환되어 사용자의 전신에 착용되는 방식이었다.

"대단한데요?"

"최신 장비다. 우선 숙달을 시키도록 해라."

"예, 이모."

'대단한 슈트다. 거기다가 부착되어 있는 장비도 예사롭지 않고 말이야.'

특수 슈트도 그렇고, 장비들도 우리가 사용하던 것과 같은 것들이었는데, 타클라마칸에서 쓰던 것보다 훨씬 업그레이드된 것들이었다.

에너지 확산을 통해 결계를 구축해 게이트를 닫는 방법은 이미 배운 터라 장비가 손에 익도록 여러 번 사용해서 감각을 일깨웠다.

'아직 녹슬지 않았군.'

기본적인 사항은 이미 다 알고 있는 터라 새로운 기능을 연습해 봤다.

다양한 기능이 추가 됐지만 숙달시키는 데는 얼마 걸리지 않았다.

"그동안 해결사 일을 하면서 수많은 사람들을 가르쳐 왔는데, 습득하는 속도는 너희들이 최고인 것 같다. 어쩌면 조만간 의뢰를 맡길지도 모르니 핸드폰은 항상 켜놓도록 해라."

"알았어요."

그렇게 전수가 끝나고 식당 일 때문에 작은 이모는 자매식당으로 돌아갔고, 나와 형은 곧장 집으로 향했다.

슈트와 장비에 적응하며 시간을 보내고 있었는데, 이틀 후 오후에 의뢰가 들어 왔다.

메시지를 받은 지 얼마 되지 않아 벤 하나가 집으로 왔고, 우리는 그것을 타고 목적지로 출발했다.

게이트가 나타난 곳은 충청도 괴산의 깊은 산골이었다.

우리를 태우고 온 벤이 도로에 멈추고 난 뒤 형과 나는 산을 타고 발생 장소를 찾아갔다.

'뭐지?'

아직 목적지에 도착하지 않았는데 느껴지는 파동이 장난이 아니었다.

그동안 보아온 그 어떤 게이트보다 발산되는 에너지가 많았다.

— 형, 상당한데.

— 너도 느낀 거냐?

— 에너지 측정기로 측정하지는 않았지만, 그동안 나타나던 것들과는 비교도 되지 않는 것 같아.

— 그러게. 도대체 무슨 일이 벌어지고 있는지 모르겠다.

게이트의 크기는 그리 크지 않은데 에너지의 양은 타클라마칸에서 닫은 것보다 몇 배나 컸기에 긴장이 되지 않을 수 없었다.

— 일단 게이트로 가서 측정을 해봐야 할 것 같아.

— 알았다.

파파파팟!

게이트가 완전히 활성화되기 전에 도착해야 했기에 서둘러 움직였다.

게이트는 성황당에 생성이 되어 있었다.

공간을 세로로 찢어 놓은 것 같은 균열이 거대한 나무 앞에서 불길한 기운을 흘려내고 있는 중이다.

검푸른 기운이 흘러나오며 언뜻언뜻 보이는 붉은빛이 지금까지 보아오던 것들과는 다른 형태를 보이고 있었다.

— 성찬아, 서둘러야 할 것 같다.

— 알았어.

'젠장!'

측정기를 보니 에너지 포화도가 이미 임계점을 넘어서서 게이트가 완성 직전이었다. 더이상 준비해 온 방법으로는 닫을 수가 없는 상태가 되어 있었다.

― 형, 전투 준비를 해둬.

― 어려운 거냐?

― 그냥 닫는 건 힘들 것 같아.

― 최선을 다할 테니, 어떻게 해서든지 닫아라.

― 알았어.

이런 상황을 맞이한 것이 한두 번이 아니다.

그나마 다행인 것은 예전처럼 팀원이 곁에 있는 게 아니라는 것이다.

스페이스가 있다는 것은 감춰야겠지만 형만 있어서 내가 쓸 수 있는 능력을 감출 필요가 없으니 말이다.

딸랑!!

청아한 방울 소리와 함께 유물이 아니면서도 내가 능력을 발휘하게 해주는 아티팩트인 공령이 손목에 나타났다.

'천경이라면 에너지 발산을 어느 정도 역류시킬 테니…….'

양손을 모아 수인을 그리자 게이트의 크기와 같은 동경이 생겨났다.

검푸른 기운이 동경으로 모여들고 이내 광선처럼 게이트를 향해 뻗어 나갔다.

콰르르르!

차원을 잇는 채널을 통해 에너지를 역류시키는 작업이 성공했는지 게이트가 요동을 친다.

피―피피핏!

게이트 안으로 에너지 역류가 시작되는 것과 동시에 허공에 손바닥 크기 정도의 청동 검이 떠올랐다.

열여덟 개로 분화한 청동 검이 천경을 중심으로 원을 그리며 포진하자 스페이스가 텔레파시를 보낸다.

― 마스터, 인챈트가 끝났습니다.

다른 때와는 다르게 청동 검에는 지금 스페이스의 의지로 만들어진 마법진이 새겨져 있다.

― 시작하자.

― 예, 마스터.

파―지지지지직!

청동 검에서 푸른색 뇌전이 퍼지며 허공에 거대한 마법진을 생성하고, 열려진 게이트를 감쌌다.

"끼아아아악!"

다른 대차원에서 밀려들어 오는 차원 에너지와 상성이 극성인 에너지를 발산해 틀어막기 시작하자 귓전을 자극하는 비명이 게이트 안에서 흘러나왔다.

차원 에너지의 충돌로 인해 발생한 에너지 폭풍으로 인해 다른 대차원으로부터 건너오던 미지의 존재가 분쇄되고 있는 것이 분명했다.

'조금만 늦었으면 큰일 날 뻔했다.'

비명 소리에 담겨 있는 분노와 원념을 보니 대단한 존재가 분명했다.

에너지 폭풍으로 인해 타격을 받으면서도 어떻게 해서든지 건너오려는 것을 보면 말이다.

파츠츠츠!

— 닫혀라.

청동 검에 강력한 의지를 보내자 푸른색 뇌전이 게이트를 잠식하며 점점 크기가 줄어들기 시작했다.

콰르르르르르!

천경이 만든 역류 현상을 밀어내고 게이트 주위의 공기가 갑자기 거세지고 있다.

게이트 안에 있는 존재가 지구 대차원으로 넘어오기 위해 최후의 발악을 하고 있다는 뜻이었다.

팟!

'뭐지?'

반사되던 에너지가 갑자기 천경으로 흡수되기 시작했다.

— 마스터, 에너지가 변하기 시작했습니다.

— 어떻게 변한다는 거야?

— 상극의 에너지가 융합을 시작하며 마스터의 아티팩트로 흡수가 되는 중입니다. 이런, 마스터!!

팟!

미처 대처할 사이도 없이 천경이 흡수한 에너지가 갑자기 나에게로 쏟아졌다.

팔에 채워져 있는 공령에 흡수되더니 팔을 통해 전신으로 들어온다.

'뭐야! 이거 왜 이래?'

전투 슈트가 나타나고, 마나 엔진이 맹렬히 움직이며 쏟아져 들어온 융합 에너지를 흡수하기 시작했다.

전투 슈트가 내 몸과 융합한 상태이기에 에너지의 양을 느낄 수 있는데, 상상하기 어려울 정도로 엄청난 양이었다.

'크으, 감당할 수 없을 지도 모른다.'

세 개의 마나 엔진에 의지가 분할되어 있어 들어오는 에너지를 정화시키고 있지만, 어려울 수도 있다는 생각이 들었다.

게이트가 닫혀가고 있는데도 불구하고 에너지의 양은 점점 더 증가하고 있었다.

'젠장할! 너무 쉽게 생각했다.'

— 형, 어서 피해.

— 무슨 일이야?

— 그냥 어서 피해.

차원 채널 안에 있던 존재가 최후를 반격을 시도한 것 같기에 형에게 텔레파시를 보냈다.

마나 엔진이 감당하지 못하면 외부로 방출해야 하는데, 아무래도 폭발할 가능성이 많아서다.

경고를 했음에도 형이 움직일 생각을 하지 않는다.

오히려 내 뒤로 와서 손을 얹고 에너지를 주입한다.

형은 절대로 포기하지 않을 것이기에 다른 방법을 생각해야 했다.

— 스페이스, 방법이 없겠어?

— 의지가 담긴 터라 되돌리는 것은 불가능하지만, 방법이 하나 있습니다.

— 뭐야?

— 마나 엔진을 통합하는 방법입니다.

— 그게 가능해?

에너지 회로를 같이 쓰기는 하지만 마나 엔진을 통합한다는 것은 쉽지 않은 일이다.

나와 융합되어 있다고는 해도 이렇게 장착이 되면 분리되어 버리기 때문이다.

— 통합 인식을 최대한 부여하면 가능합니다.

— 알았어.

차원 채널 안의 존재가 소멸할 때까지 기다릴 수도 있지만 버티지 못할 것이기에 스페이스가 제시한 방법을 따르기로 했다.

따로 의지를 부여해 별개로 인식하던 마나 엔진을 하나로 인식하기로 마음을 먹었다.

'되, 된다.'

의지가 일자마자 변하기 시작하더니 전투 슈트 전체가 거대한 마나 엔진으로 변하고 있었다.

게이트가 작아질수록 에너지 양이 기하급수적으로 늘어났지만, 변화된 마나 엔진은 너끈하게 흡수하며 정화를 하고 있었다.

하지만 그것도 금방 한계가 찾아왔다.

— 마스터, 에너지를 담을 곳이 필요합니다.

— 나도 알아.

흡수하며 정화하는 것은 문제가 없지만 내 안에 담는 것이 문제였다.

에너지원이자 저장소라고 할 수 있는 최상급 마나석이 한계에 도달하고 있었기 때문이다.

— 마스터, 에너지를 분담하는 것이 어떻습니까?

— 형에게 보내라는 말이야?

— 그렇습니다. 그리고 마스터도 가지고 계신 삼단전에 에너지를 흡수하시는 것이 좋겠습니다.

암자에서 수련을 하는 동안 형은 나처럼 삼단전을 전부 개방한 상태다.

스스로 쌓은 것이 아닌 이질적인 에너지지만, 스페이스가 나도 흡수할 수가 있다고 말하는 것을 보면 가능성이 충분했다.

'그래, 정화된 에너지라면 흡수하는 데 문제가 없을 테니 형에게 보내자.'

— 알았어. 충격을 받을지 모르니 스페이스가 조절을 해줘.

— 염려하지 마십시오.

형은 자리를 피하지 않을 생각이니 달리 방법이 없어 스페이스의 의견을 따르기로 했다.

에너지의 양이 엄청나서 그렇지 정화된 터라 형이 쓰기에도 무리가 없을 것이다.

— 형, 에너지를 주입하지 말고 흡수할 준비를 해. 셋에 흘려보낸다.

— 알았다.

— 하나, 둘, 셋!

숫자를 세는 것이 끝나는 것과 동시에 에너지를 형에게 흘려보냈다.

형이 입고 있는 슈트의 에너지는 금방 차버렸고, 이내 삼단전으로 흘러들어 가는 것이 느껴졌다.

— 형이 위험할 수도 있으니 조절을 잘해. 나도 최대한 노력

을 할 테니까 말이야.

— 예, 마스터.

형은 아주 빠르게 에너지를 삼단전에 담기 시작했다.

내가 동시에 에너지를 채우는 것과 달리 형은 하단전과 중단전, 그리고 상단전으로 순서대로 채워 나가고 있었다.

한동안 정신없이 에너지를 흡수하다가 들어오는 양이 빠르게 줄어드는 것이 느껴졌다.

— 마스터, 이제 고비는 넘긴 것 같습니다.

— 그런 것 같다.

— 성진 님께서도 순조롭게 정화된 에너지를 흡수하는 것 같습니다.

— 다행이다.

형은 에너지 부족으로 인해서 삼단전을 확장할 기회가 없었다.

단전에 쌓는 에너지는 개인의 본성에 따라 특별한 형태로 변환되기에 최상급 마나석만으로 에너지를 공급하는 데는 한계가 있기 때문이다.

정화된 에너지는 스승님께 배운 에너지 경로를 따라 움직인 덕분에 본래 가지고 있는 것과 특성이 같아졌다.

형도 나와 같은 특성을 가지고 있어서 삼단전을 확장하는 것이 가능할지도 모른다는 생각이었는데, 다행히도 내 예상이 맞은 것 같다.

― 마스터, 조심하십시오!

에너지의 양도 줄고 형을 살펴보느라 게이트 안의 존재에 대해 방심을 했나 보다.

주먹만큼 작아진 게이트를 찢으며 뚫고 나오고 있는 존재를 알아차리지 못했으니 말이다.

― 가랏!

파파파파파팟!

푸푸푸푸푸푹!

머리에 달린 거대한 뿔과 붉은 안광을 흩뿌리는 미지의 존재가 얼굴을 게이트 밖으로 내미는 것을 보자 곧바로 비검을 날렸고, 모두 얼굴에 틀어박혔다.

"끄아아아악!"

처절한 비명 소리와 함께 게이트 밖으로 내민 얼굴을 점차 흐릿해지고 있었다.

청동 비검들이 얼굴 꽂힌 채 나를 노려보는 붉은색의 눈동자가 섬뜩하게 느껴졌다.

팟!

곧바로 얼굴이 사라지고 곧바로 게이트가 닫혔다.

'게이트가 발생하는 빈도나 변화하는 것을 보면서 어느 정도는 예상을 하고 있었지만…….'

오늘 한 가지 사실을 알았다.

붉은 눈으로 나를 노려보다 사라진 존재는 차원 폭풍으로 소멸한 것이 아니다.

다시 게이트를 열고 이곳으로 넘어올 기회를 노리기 위해 잠시 몸을 움츠린 것뿐이다.

놈은 다른 존재들 보다 앞서서 지구 대차원으로 넘어올 수 있는 기회를 놓쳤다는 것을 안타까워하며 나에게 분노를 쏟아냈다.

느껴지던 놈의 의지는 정말 생각하지도 못한 것이었다.

얼마 있지 않아 닫아버린 게이트가 아니라 차원 채널이 전면적으로 개방되어 놈이 존재하는 대차원과 지구 대차원이 연결된다는 것이었다.

무서운 일이 아닐 수 없었다.

'조만간 놈을 다시 보겠군. 언제까지 게이트를 닫을 수 있을지 모르겠지만, 최선을 다하자.'

그동안 센터에서 게이트를 닫아온 것이 시간을 조금 지연시키는 것뿐이라는 것을 알았다.

이런 사실을 나만 깨달은 것이 아닐 것이다.

센터장이나 각국의 정보국에서도 이미 알고 대비를 하고 있을 것이다.

중국 지하 벙커에 있는 자원들도 그렇고, 큰아버지와 아버지가 남겨놓은 것들을 보면 확실하다.

많은 수의 사람이 새로운 대차원과 지구 대차원이 연결될 것이라는 것을 알고 준비하는 것이 틀림없었다.

"성찬아, 괜찮은 거냐?"

잠시 생각에 잠겨 있었더니 형이 걱정스러운 표정으로 묻는다.

"괜찮아, 형. 그나저나 에너지는 잘 수습했어?"

"덕분에 성취가 높아진 것 같다. 게이트에서 발산되는 에너지를 변환시켜 나에게 준 것 같은데, 정말 고맙다."

"고맙기는 내가 다 수용할 수 없어서 형에게 분산시킨 것뿐인데 말이야."

"아니야. 너라면 다 수용하고도 남았을 거다."

"에이, 뭘."

끝나고 살펴보니 형이 말한 것이 맞다.

마나 엔진이 통합된 것처럼 마지막에는 내 단전들도 통합되어 허기진 모습을 보였으니 말이다.

하지만 이렇게 될 줄도 몰랐고, 형이 성장하는 것이 내가 성장하는 것보다 좋으니 상관은 없다.

"그나저나 아까 게이트 안으로 사라진 존재는 소멸하지 않은 것 같은데, 큰일이다."

"그러게, 형. 아무래도 대변혁에 버금가는 일이 일어날 것 같아."

"그게 무슨 소리냐?"

"조금 전에 사라진 존재의 의지를 조금 읽었어. 얼마 있지 않아 지금 게이트가 열려진 대차원과 지구 대차원의 채널이 전부 연결이 될 것 같아."

"으음… 어느 정도는 예상한 일이지만, 사실로 확인되다니 걱정이다. 아까 그 존재의 적의가 만만치 않던데, 대차원에 연결되고 나면 무서운 일이 벌어질 수도 있으니 말이다."

"너무 걱정하지 않아도 될 거야. 우리만 아니라 정부에서도 알고 있는 것 같으니 말이야."

"정부에서 의뢰가 들어온 것을 보면 그렇기는 한 것 같다만, 실체를 알 수 없으니 재앙이 될지도 모른다."

"다른 대차원과 연결이 되는 것은 어쩔 수 없는 일이야. 어떻게 준비하느냐가 문제지. 어차피 차원통제사가 되지 못하면 나설 수도 없으니 열심히 준비해야 할 거야. 그곳에서 2차 각성을 하지 못하면 다른 차원으로는 갈 수 없으니 말이야."

"그렇기는 하다만……. 일단 가자. 의뢰를 완수했다는 것을 보고해야 하니 말이다."

"그래, 형."

자리를 떠나 벤이 기다리고 있는 곳으로 갔다.

게이트가 사라졌다는 것은 이미 눈치챘을 것이다. 새롭게 알아낸 것을 전하기만 하며 의뢰를 완수하는 것이긴 하지만, 대변혁 당시 지구 대차원에 드리운 의지가 있었다.

새로운 세상으로 나아가려는 의지로 인해 다른 대차원과의 연결을 막을 수 없었다.

그리고 이번 게이트도 그때와 똑같은 느낌을 받았다. 연결된 후에는 대차원 간의 가혹한 투쟁이 시작될 것이라는 생각에 마음이 편할 수가 없었다.

자매식당에 들려 의뢰한 내용을 완수했음을 알렸다.

미지의 존재가 게이트를 넘어 나오려고 했다는 것과 그 존재에게서 느꼈던 것들을 모두 알렸다.

내 이야기를 들으며 얼굴 표정이 심각해지기는 했지만 아무 일 없다는 듯이 우리에게 의뢰비를 계좌로 송금한 후 다음 의뢰 시까지 쉴 것을 권유했다.

어차피 흡수한 에너지를 통제하기 위한 수련이 필요해 당분간은 의뢰를 받을 생각이 없던 우리는 곧장 자매식당을 나와 집으로 향했다.

집에 도착하자 의외의 사람을 볼 수 있었다.

현화가 우리를 기다리고 있었던 것이다.

현화에게 열쇠를 하나 보내놓은 터라 집 안으로 들어올 수 있던 그녀는 조용히 앉아서 뭔가를 골똘히 생각하고 있는 중이었다.

"왔어."

"의뢰 때문에 나갔다가 오는 모양이네?"

"맞아."

"오랜만이네요."

"오랜만이오. 성찬아, 나는 좀 쉬련다."

형은 현화와 만나는 것이 껄끄러운지 쉰다는 말과 함께 자신의 방으로 갔다.

"피곤하신 모양이네."

"의뢰가 좀 힘들었거든."

"혹시 게이트를 닫는 의뢰였어?"

의식의 연결을 해제한 상태라 우리가 어떤 의뢰를 받았는지 알지 못하는 현화가 물었다.

"맞아. 그런데 어떻게 알았어?"

"그렇구나."

"무슨 일이 있는 거야?"

"맞아. 지금 해결사들에게 게이트를 처리하라는 의뢰가 계속 들어오고 있는 것 같아. 우리에게도 들어왔고 말이야."

"게이트가 발생하는 곳이 많은 가보지?"

"그런 것 같아. 연락을 취해 게이트 관련 의뢰를 받은 사람이 조사해 보니 정확히는 아니지만 삼십 개도 넘는 게이트가 발생한 것 같아."

"상당히 많군. 그런데 왜 온 거야?"

"의뢰를 받아야 하나 해서 말이야."

"제임스 윤이 중개를 하는 건가?"

"맞아. 국정원에서 의뢰를 한 거라 내일까지 답변을 달라고 하는데, 연락이 되지를 않아서 이렇게 왔어."

"받는다고 해. 대신 닫는 것은 우리가 할게."

"알았어. 그렇게 연락을 할게. 그리고……."

"다른 것도 있어?"

"이번 의뢰로 마도 네트워크에서 말들이 많아."

마도 네트워크에 만들어진 해결사들의 커뮤니티 사이트에서도 이번 사태에 대해서 토론이 되고 있는 모양이었다.

"무슨 말인데?"

"여러 가지 이야기가 나오고 있지만 어쩌면 조만간 다른 대차원과 지구 대차원이 연결이 될지도 모른다는 이야기가 제일 많아."

"이상하군. 왜 그런 말이 퍼지고 있는 거지?"

"의뢰를 수행한 이들로부터 나오고 있는 이야기인데 조사를 해볼 필요가 있을 것 같아."

게이트가 누군가에 의해 열리고 있는지도 알아봐야 하고, 그런 이야기가 나와서는 문제가 될 확률이 크기에 알아보는 것이 좋을 것 같았다.

"그래, 한번 조사를 해서 알려줘. 그리고 게이트를 열려고 하는 자들이 있는지도 말이야."

"알았어."

"의뢰 받은 곳의 좌표가 어떻게 되는지 알려주고 이만 가봐라. 아직까지 너와 우리의 관계가 드러나서는 곤란하니 말이야."

"아직 국정원을 의식하는 모양이구나."

"맞아. 그런 이야기가 나돈다면 국정원에서 해결사들에 대한 감시를 시작했을 가능성이 높아. 더군다나 팀원들이 움직이기 시작했으니 앞으로 조심해야 할 것 같아서 말이야. 아참, 팀원들에 대한 지원은 문제없지?"

"그 문제는 걱정하지 마. 혹시 몰라 내가 직접 움직이고 있으니 말이야."

"고마워."

"고맙기는! 이만 가볼게. 몸조심 하도록 하고."

─ 게이트가 열린 곳은 원주 쪽이야. 좌표는…….

팟!

텔레파시가 끝나는 것과 동시에 현화의 몸이 사라졌다.

흔적을 남기지 않고 공간 이동을 펼치는 것을 보니 능력을 완전히 발휘할 수 있게 된 것 같다.

우리가 나눈 대화를 모두 들은 건지 형이 들어간 복장 그대로

방에서 나왔다.

"갔냐?"

"이야기는 들었지?"

"그래. 어서 가자. 국정원에서 감시를 시작하면 곤란하니 말이야."

밖으로 나가 차를 운전해 원주 쪽으로 향했다.

날이 완전히 밝기 전에 끝내야 할 것 같기에 서둘렀다.

게이트가 생성된 장소는 치악산 근처였다.

우리가 닫았던 게이트보다 에너지 수치는 작았지만 닫는 과정은 비슷했다.

미지의 존재가 밖으로 나오려고 했고, 같은 방법으로 닫아야 했다.

덕분에 통합된 후 에너지를 흡수하지 못해 허기져 있던 단전을 채울 수는 있었지만 마음은 더욱 답답해졌다.

격이 낮아서 그런지 심연의 심안으로 밖으로 나오려던 존재의 의지를 정확히 읽을 수 있었기 때문이다.

제 9 장

현화 쪽으로 들어온 의뢰를 마치고 집으로 돌아와서 의식을 열어 게이트를 닫는 과정에서 일어난 일들을 자세히 알려주었다.

　국정원의 의뢰라면 어떤 일들이 일어났는지 확인을 할 것이 분명했기 때문이다.

　더불어 현화에게 팀원들을 도와 센터의 제5열을 찾는 것에 집중해 달라는 부탁을 했다.

　게이트가 열리는 현상이 전과는 달라진 것이 아무래도 연관이 있을 것 같은 생각이 들어서였다.

　"팀원들이 움직이기 시작했으니 단서를 찾아내기는 하겠지만 얼마나 걸릴지 모른다. 차원정보학과의 커리큘럼을 이수하는 데 문제가 생길 수도 있다."

게이트의 변화와 연관이 있을 것 같아 제5열을 찾는 것에 집중해야겠다는 말에 형이 걱정을 드러냈다.

"어려운 일이 될 수도 있지만 그래도 해야 할 것 같아."

"네가 그렇다면 할 수 없지. 어디서부터 움직일 거냐? 바람이 전해온 명단을 기준으로 시작하는 거냐?"

현화를 통해 팀원들이 조사 대상으로 삼은 자들의 명단을 받을 수 있었다.

통신과 정보를 담당하는 팀원인 바람이 시중을 기해서 선별한 것이라 조사해 볼 참이었다.

"응, 그중에서도 정치권을 먼저 살펴보려고 해. 센터에 압력을 넣을 만한 위치에 있는 자들이니까 말이야."

"만만치 않을 거다."

"그렇기는 하지만 그게 제일 빠를 것 같아서 말이야."

"그렇기는 하지. 하지만 어떤 자들이 주변에 있을지 모르니 조심하자."

"알았어."

유물 능력자들이 세상을 즐기려고 돈이 필요해 일을 하는 것과는 달리 진성 능력자들은 자신의 목적을 위해 일하는 경우가 많았다.

자신의 목적과 맞는 정치인들의 경우에는 스스로 찾아가 경호를 자청하는 자들이 있었다.

더군다나 명단에 나와 있는 정치인들 몇은 S급 진성 능력자와 밀접한 관계를 맺고 있어 형 말대로 조심을 해야 한다.

명단을 이용해 파트를 나누어 확인을 해보려다가 형 말에 방향을 바꿨다.

걱정을 많이 하는 것을 보니 아무래도 형이 나와 떨어질 생각이 없는 것 같아서였다.

그리고 게이트를 닫으며 단전들이 통합되면서 심연의 심안이 성장을 한 것 때문이기도 했다.

아르고스의 눈으로 주변을 확인할 수는 있지만 속내를 파악하기 어려운데, 성장한 심연의 심안이라면 어떤 생각을 가지고 있는지 알 수 있었다.

성장한 심연의 심안을 극대화하면 의지를 읽을 수 있지만, 무방비 상태에 놓여 문제기는 하지만 형이 나를 보호하는 동안이라면 충분히 정치인들의 성향을 파악할 수가 있을 것 같아서였다.

"형, 오늘 밤부터 바쁠 테니 일단 뭐 좀 먹고 쉬자."

"밤을 새워서 피곤할 테니 간단하게 먹자."

"알았어."

간단하게 밥을 하고 김치찌개를 끓여 아침 겸 점심을 해결한 후, 각자의 방에 들어가 한숨 잤다.

오후 늦게 일어나 씻고 밥을 먹고, 바람이 전한 명단과 그동
안 조사한 내용을 토대로 어떻게 확인을 할지 의논을 끝내고 집
을 나섰다.

정치권에서 조사할 대상은 모두 네 명이었다.

여당의 당 대표와 원내총무, 그리고 실세라 일컬어지는 국회
의원 한 명과, 마지막 은 야당의 원내총무였다.

정부 쪽 인물들 중에 대상자가 없는 이유는 국정원에서 철저
하게 관리하기 때문이었다.

정치인들은 모르지만 공무원에 한해서는 국정원에서 이 잡듯
이 조사를 하고 임용하기에 제5열이 있을 염려가 없기 때문이었
다.

밤이 되자 조사를 시작했다. 여당 쪽 인물들을 모두 확인하는
데 상당한 시간이 걸렸다.

다행히 제5열로 보이는 자는 없었지만, 혹시나 정치권에 없
을지도 모른다는 생각이 들자 조금은 허탈한 심정이 될 수밖에
없었기 때문이다.

지금은 새벽 네 시다.

송파구에 있는 여당 실세를 확인하고, 야당의 원내총무가 사
는 분당으로 이동하는 중이다.

"성찬아, 이제 야당 원내총무가 마지막이다. 다행히 제5열은
없는 것 같으니 빨리 끝내고 돌아가자."

"그러자,"

나도 그렇지만 형도 상당히 피곤해하고 있다.

여당 대표와 실세라고 알려진 의원의 주변에 S급 진성 능력자가 포진해 있었다.

그들에게 들키지 않고 두 사람의 성향을 파악하느라 신경을 많이 쓴 탓인 것 같다.

다섯 시가 가까워질 무렵, 야당 원내총무의 집 근처에 도착할 수 있었다.

"형, 더 이상 들어가지 말고 멈춰."

"알았다. 여기도 S급이 있는 거냐?"

"그런 것은 아닌 것 같은데 결계가 있어. 아무래도 예감이 좋지 않으니 최대한 에너지를 감춰."

"으음, 알았다."

내가 형에게 이런 말을 한 것은 원내총무의 집 근처로 다다가는 순간, 그 집을 중심으로 결계가 쳐져 있다는 스페이스의 경고 때문이었다.

일반적인 결계가 아니라 고도의 마법이 적용된 것이라 차 밖으로 나가는 순간 문제가 발생할 가능성이 높아서다.

지금까지는 그나마 손쉬웠다.

스페이스가 차에 쳐 놓은 마법으로 인해 S급 진성 능력자들에게 들키지 않고 성향을 파악할 수 있었지만 지금은 아니다.

스페이스의 경고대로라면 인식 차단 장치를 작동시키고 움직여도 캐치해 낼 수 있는 결계였다.

상대의 의지를 읽은 심연의 심안을 펼치려면 멀리 떨어지지 않아야 한다.

최소 200미터 근처에 있어야 가능하다.

차가 진입하거나, 우리가 밖으로 나가 결계의 인식 범위로 들어가게 되면 작동하기 시작할 것이고 들키는 것은 시간문제였다.

"그나저나 네가 이렇게 조심할 정도면 상당한 결계인 것 같은데 제5열일 가능성이 높은 것 아니냐?"

"아무래도 가능성이 제일 높아. 여기에 쳐진 결계는 S급 진성 능력자들도 알아차리기 힘든 것이니 말이야. 야당 대표도 아니고 원내총무가 이런 결계 아래서 보호를 받는다니 냄새가 많이 나는데……."

"하지만 아무리 잘 감춘다고 해도 결계에 감지가 되는 것 아니냐?"

"우리 에너지는 능력자들이 사용하는 것과는 다른 방식이라 들킬 염려는 없지만 만약을 몰라서 감추라고 한 거야."

"알았다. 날이 조금 있으면 밝을 테니 빨리 끝내자."

"그래, 형."

차에서 조심스럽게 내려 원내총무가 사는 집으로 향했다.

아파트가 즐비한 신도시와는 달리 뒤쪽에 산을 배경으로 아래로 제법 비싸 보이는 단독주택들이 있는 지역이다.

곳곳에 CCTV가 있어 경계가 삼엄했다.

CCTV 카메라들의 방향이 우리를 향하는 것을 느꼈지만, 주택가를 걷는 것만으로는 의심하지 않을 것이기에 최대한 태연한 표정으로 원내총무의 집으로 향했다.

형이 앞장서서 걷고 있고, 나는 뒤에서 걸으며 심연의 심안을 펼칠 준비를 했다.

걸으면서 시도하는 것이라 실패할 수도 있지만 최선의 방법이기에 어쩔 수 없었다.

― 형, 조금만 더 가자. 저쪽 집 뒤로 등산로가 있는 것 같으니 그리로 가면 될 거야.

― 알았다.

원내총무의 바로 옆집 곁에 산으로 올라가는 조그만 오솔길이 보였다.

원내총무의 집에서 불과 30미터도 떨어지지 않는 곳이라 심연의 심안을 사용하기에 좋았다.

'결계도 결계지만 이상하다. 능력자가 하나도 보이지를 않으니 말이야.'

정치인들의 주변에 그들을 보호하는 진성 능력자가 머문다는 것은 상식이다.

그런데 야당 원내총무인 김상겸의 주변에는 이례적으로 아무도 없었다.

'그나마 다행이다. 일단 살펴보자.'

등산로에 접어들면서 심연의 심안을 본격적으로 사용했고, 바로 멈춰야 했다.

— 형, 어서 여길 벗어나자.

— 알았다.

급히 멈추기는 했지만 심연의 심안을 발동한 상태라 휘청거리는 나를 형이 들쳐 업고 등산로를 따라 빠르게 산으로 오르기 시작했다.

— 무슨 일이냐?

— 원내총무라는 자가 최소한 S급 진성 능력자야.

— 뭐?

— 그리고 그자가 우리가 닫던 게이트에서 흘러나오는 에너지와 같은 파장을 흘리고 있는 것을 확인했어. 그러니 어서 여기를 피해야 해. 아무래도 우리에 대해서 알아차린 것 같으니 말이야.

— 젠장.

심연의 심안을 사용해 정치권 인사들을 확인하려고 한 것은 그들이 능력자가 아니었기 때문이었다.

팀원들이 조사한 바로는 야당의 원내총무인 김상겸은 능력자가 아니었다.

정부 공무원은 그렇지 않지만, 능력자라면 누구를 막론하고 아예 정치권에 발을 디딜 수 없는 것이 대한민국의 법이다.

국민을 대표하는 국회의원이 능력자라면 자신의 능력을 발휘해 법 같은 것을 마음대로 제정할 수 있기 때문이었다.

실제로 대변혁 초기에 매혹의 능력을 가진 능력자가 국회의원이 되어 다른 국회의원들을 조종하려 한 적이 있었다.

척결되고 있는 부패 세력을 원래대로 복귀시키고, 국정원과 정부를 무력화시키는 시도가 적발되면서 만들어진 법이었다.

선거관리위원회에 국회의원 입후보자로 등록하게 되면 국정원에서 파견을 나온 S급 진성 능력자가 능력을 가졌는지 검증을 하게 되는데 그걸 피해 삼선 의원에 야당의 원내총무까지 됐으니 문제가 심각했다.

공무원은 국정원과 검찰 특수부에 의해 상시 감시를 받지만 국회의원은 엄격하게 금지가 되어 있기 때문이다.

세 번의 선거에서 밝혀내지 못했다면 국정원의 검증 시스템에 문제가 생긴 것일 수도 있기 때문이다.

더군다나 다른 대차원과 연결된 게이트의 에너지와 같은 종류의 에너지를 가지고 있고, S급 진성 능력자라면 보통 심각한 일이 아닐 수 없었다.

'일단 그자의 감각에서 벗어나는 것이 우선이다. 자칫 잘못

하면 여기서 인생이 끝나는 일이 벌어질 수도 있으니 말이다.'

지구 대차원의 에너지를 활용하는 S급 진성 능력자의 힘은 어느 정도 짐작을 할 수 있었다.

그렇지만 방금 전에 확인한 김상겸은 암흑과 같은 심연이 그의 주변을 감싸고 있어 어느 정도인지 도무지 확인이 어려웠다.

무엇보다 그의 주변을 감싼 기운이 무서울 정도로 파괴적인 성향을 띠고 있었기에 일단은 피해야 했다.

"으음."

자신의 감각에 스친 알 수 없는 에너지에 김상겸은 운기조식을 멈추고 퍼져 있는 기운을 흡수했다.

"기분이 별로군."

게이트가 빠르게 닫히고 있어 원하던 만큼의 에너지를 얻지 못했기에 기분이 별로 좋지 않았던 김상겸은 자리에서 일어났다.

"일단 확인을 해봐야겠군. 대사를 그르쳐서는 곤란하니 말이야."

간편한 옷으로 갈아입은 김상겸은 곧바로 밖으로 나왔다.

자신이 느낀 위화감의 정체를 확인하기 위해서였다.

세상이 바뀔 시간이 멀지 않은 터라 정체가 발각되지 않도록 최대한 주의를 기울여야 했다.

자신이 느낀 위화감이 별거 아닐 수도 있지만 이 자리까지 올 수 있던 것은 철저한 확인 덕분임을 알기에 김상겸은 곧바로 등산로로 향했다.

'분명 얼마 전까지 누군가 이곳에 있었다.'

아주 흐릿하지만 특이한 에너지가 등산로 주변에 남아 있었다.

능력자들이 가진 것과는 조금 다르지만 자신의 감각이 그렇게 말하고 있기에 김상겸의 얼굴이 굳어졌다.

'어제 끝냈어야 하는데……'

제일 큰 에너지를 발산하는 게이트가 열릴 때를 기다려 흡수하고자 했지만, 이미 그곳에는 아주 미미한 양만 남아 있었다.

할 수 없이 오늘도 운기조식을 해서 다른 대차원에서 흘러나온 에너지를 흡수했는데 사달이 나고야 만 것이다.

등산로를 따라 흔적을 쫓았다.

흔적이 10미터를 훌쩍 넘어갈 때마다 나타나는 것을 보면 최소한 A급 능력을 가졌다고 볼 수 있기에 김상겸의 눈빛이 깊어졌다.

'이 정도의 능력을 가졌으면서 남아 있는 에너지의 양이 나조차 분간이 어려울 정도면 그들인가?'

제일 먼저 생각나는 것이 국정원이었다.

국내를 맡고 있는 두 개의 파트 중 정치권을 맡고 있는 제1국을 생각하던 김상겸은 고개를 흔들었다.

지난 12년 동안 한번도 그런 낌새를 비친 적이 없었기 때문이다.

'적어도 제2국이나 3국, 최악의 경우에는 제7국이 나섰을 수도 있다.'

국내 각성자를 담당하는 제2국이나 동아시아를 커버하는 제3국은 그래도 문제가 없지만 제7국이 문제였다.

지금까지 파악한 바로 대차원을 담당하는 제7국은 신비에 싸인 곳이었다.

인원이 얼마인지 소속된 요원들이 어떤 능력을 가지고 있는 철저하게 베일에 싸인 조직으로 대한민국의 대통령이라도 그 실체를 알 수 없는 곳이 바로 제7국이었다.

그래도 하나 알려진 것이 있는데, 국장인 김민호였다.

김민호는 언론에 노출이 되어 있지만, 제7국의 국장이 아니라 대한민국의 최고의 S급 진성 능력자로서였다.

다른 S급 진성 능력자와는 차원이 다른 공간 능력을 가진 자로 자신도 감히 건드릴 수 없는 존재다.

그가 제7국의 국장이라는 것도 막대한 희생을 치르고 겨우 알아낼 정도였다.

꼬리를 쳐내는 것은 물론이고, 가지고 있던 기반을 스스로 없앤 후에야 간신히 벗어날 수 있었을 정도로 김민호는 두려운 존재였다.

대차원에 속해 있는 차원 간의 교섭을 위해 브리턴 차원으로 넘어간 상태라 움직이지 않을 테지만 만약을 모르는 일이었기에 김상겸은 긴장하지 않을 수 없었다.

만약 제7국이 자신을 타깃으로 움직였다면 자신이 그동안 쌓아온 공든 탑이 무너질 것이기 때문이었다.

'어떤 놈들인지는 모르지만 반드시 확인을 해야 한다. 기반을 없애 버린 것이 정말 아쉽군.'

자신이 만든 기반이 있었다면 직접 움직이지 않아도 되기에 아쉽지 않을 수 없었다.

'어떤 놈들인지는 모르지만 제거해야 한다.'

자신을 살펴보기 위해 있던 것이 아닐지도 모르지만, 김상겸은 제거하기로 마음을 굳혔다.

만에 하나인 경우를 생각해서였다.

'국회의 회기가 일주일 후면 시작이 되니 최대한 빨리 처리를 하자.'

게이트에서 발산되는 에너지를 흡수하기 위해 집에서 칩거하며 구상을 하겠다며 보좌관들에게 연락을 하지 말라고 한 것이 다행이 아닐 수 없었다.

최대한 빨리 처리를 하고 복귀하면 될 것이기 때문이다.

◈　　　◈　　　◈

— 마스터, 김상겸이 뒤를 쫓기 시작했습니다.

— 어디쯤이지?

— 약 십 킬로미터 후방입니다. 정확히 흔적을 쫓고 있으니 이 상태라면 삼십 분 후에 따라잡힙니다.

— 젠장! 할 수 없군.

어느 정도 회복이 되었기에 직접 움직여야 할 때다.

지금은 마주쳐서는 안 되기 때문이다.

내가 느낀 정도라면 김상겸을 상대할 수 있는 사람은 대한민국의 최고 능력자라는 김민호뿐이다.

국정원의 제7국을 이끌고 있는 차장이자, 실세인 그 말고는 김상겸을 상대할 자는 아무도 없다.

— 형, 나를 내려놔.

— 괜찮겠냐?

— 걱정하지 말고 내려놓고 나에게 업혀.

— 그게 무슨 소리냐?

— 지금은 절대로 그자를 피해야 해. 하지만 이대로라면 김상겸에게 따라 잡히고 말아.

― 내가 따라잡히면 너도 금방 따라잡힌다.

― 그자를 따돌릴 자신이 있으니까 걱정하지 마.

― 알았다.

형도 내가 무엇인가 감추고 있다는 것을 알기에 곧장 수긍을 하고 멈추었다.

전투 슈트를 활성화 시킨 후, 형을 업고 달리기 시작했다.

스페이스의 도움을 받아 플라이 마법으로 날아가는 것이 빠르겠지만 이미 날이 밝은 터라 곤란했다.

누군가 목격하는 순간 곧바로 이상 물체를 봤다고 신고가 들어갈 테고, 국정원에 알려질 것이기 때문이다.

― 스페이스, 최대 출력을 낼 테니까 최상급 마나석을 계속 공급해.

― 알겠습니다, 마스터.

뒤를 쫓고 있는 김상겸과 싸울 수도 있어 본연의 기운을 최대한 아껴야 했기에 스페이스에게 지시를 내렸다.

엄청난 양의 마나석을 가지고 있으니 최대한 시간을 벌 수 있을 것이다.

최상급 마나석이 닳는 데 30분이 걸리지 않을 정도로 최대한 출력을 높여 달렸다.

한번 다리를 놀릴 때 마다 단번에 100여 미터를 넘게 움직일 정도로 아주 빨리 말이다.

— 김상겸도 속도를 높였습니다.

10여 분이 흐르자 스페이스가 김상겸의 움직임을 이야기해 주었다.

멀리 떨어져 있는데도 그가 내뿜는 에너지가 느껴지는 것을 보면 전력을 다해 쫓고 있는 모양이다.

— 성찬아, 정말 무서운 자다. 에너지가 희미한데도 이렇게 파괴적이라니 말이다. 이제 어떻게 할 거냐. 떨치기가 쉽지 않을 것 같은데.

형도 김상겸의 에너지를 느꼈는지 걱정스럽게 묻는다.

— 방법을 찾고 있으니 걱정하지 마.

최대한 출력을 내고 있음에도 거리가 벌어지지 않고 조금씩 좁혀지고 있는 것을 보면 김상겸을 떨어트릴 방법은 없는 것 같다.

하지만 놈을 상대할 방법이 없는 것은 아니다.

다른 곳에서는 힘들겠지만 암자로 가기만 하면 김상겸을 처리할 수 있다.

그동안 암자에서 수련만 하지 않았다.

스승님이 어느 정도 건강을 회복했지만 혹시나 해서 다시 결계를 보강하는 것은 물론이고, 마도학을 이용해 강력한 방어 시스템을 구축해 연동시켰다.

침입자를 상대하는 방어 시스템에다가 나와 형, 그리고 현화라면 놈을 충분히 상대할 수 있을 것이다.

이미 의식을 열어 현화와 동기화를 마쳤다.

우리가 가는 동안에 현화가 암자에 있는 마도 방어 시스템을 활성화시키고, 김상겸을 상대할 준비를 할 테니 그 안에 따라잡히지 않는 것이 중요했다.

— 현화야, 준비를 잘 해줘.

— 알았어. 걱정하지 마.

의식을 연결시킨 후, 심연의 심안으로 본 김상겸의 실체를 느낀 것인지 현화의 텔레파시가 흔들리고 있었다.

같은 S급 진성 능력자이지만 격의 차이를 느꼈기 때문일 것이다.

김상겸 그자는 이미 초월자가 된 존재였으니 말이다.

빠른 속도로 남하하며 암자로 향했다.

기척을 완전히 감추고 산길과 사람이 없는 곳만을 골라 움직인 끝에 한 시간이 조금 넘었을 때 암자 근처에 도착할 수 있었다.

현화가 순간 이동을 해와 마도 방어 시스템을 가동시켰는지 암자가 있는 산 일대가 결계의 기운과 마도 방어 시스템이 발산하는 에너지로 휘감겨 있었다.

— 마스터!

'이런 젠장! 하필이면 이때!'

스페이스가 나를 부르지 않아도 느낄 수 있었다.

근호 형과 사인방이 암자를 향해 오르고 있는 중이었다.

방학에 어디를 갈 거냐는 근호 형의 말에 성진이 형이 암자에 대한 이야기를 했었다.

그런데 근호 형을 따르는 사인방과 함께 오다니 큰일이 아닐 수 없었다.

근호 형을 따르는 사인방은 중소기업에 다니면서 차원정보학과에 다니는 동갑내기들이다.

같은 고아원 출신으로 나이가 차서 나온 후에 한 공장에 취직을 했고, 노력한 끝에 차원정보학과에 입학한 동생들로 본성이 아주 괜찮아 눈여겨보고 있는 동생들이었다.

— 형, 근호 형과 사인방이 암자로 찾아온 것 같아.

— 뭐?

암자로 오며 뒤를 쫓고 있는 김상겸을 어떻게 상대할지 형에게 말해주었다.

결계와 마도 방어 시스템을 이용하게 되면 암자 근처가 쑥대밭이 되는 타라 근호 형과 사인방의 생사를 장담할 수 없게 된다는 것을 알기에 형도 놀라고 있었다.

— 하필이면 이때에……. 미친 자식, 온다면 연락이나 하고 올 것이지. 어떻게 하냐? 성찬아.

— 이제 거의 따라 잡힌 상태야. 그냥 저대로 둘 수는 없으니

어쩔 수 없어, 형.

아직 산 중턱이니 근호 형과 사인방이 암자까지 가려면 아직 멀었다.

현화가 공간 이동으로 암자까지 이동시키면 되지만 운영하고 있는 마도 방어 시스템을 중단해야 한다.

이동을 시키고 다시 운영해야 한다고 해도 시간이 맞지가 않았다.

결계 안으로 끌어들이기 위해 멀리 떨어지지 않도록 끌고 오는 중이라 그 시간이면 놈이 들이닥치고 남을 시간이다.

— 현화야, 잠시기는 하지만 우리가 놈을 막고 있을 테니 저 사람들을……

— 성찬아, 그냥 놔두어라. 내가 움직일 테니.

— 스승님! 안 됩니다.

스승님도 놈의 존재를 느끼신 것인지 직접 나서실 모양이지만, 그래서는 안 됐다. 결계는 에너지 스톤으로 보좌를 하니 문제가 없지만 능력을 발휘하시면 수명이 빠르게 단축이 되니 말이다.

— 성찬아, 지금 너희들 뒤를 쫓는 자는 나조차 감당할 수 없는 존재다. 네가 설치한 것을 해제했다가는 전부 죽음을 면하지 못하니 지금은 내가 움직이는 것이 낫다. 그러니 너도 최대한 빨리 결계 안으로 들어오도록 해라.

― 스승님.

― 어서! 시간이 없다.

할 수 없는 일이다.

지금으로써는 스승님께서 말씀하신 것이 최선의 방법이니 말이다.

파―앙!

본신의 에너지도 최대한 운용해 공간을 가로질렀다.

근호 형 근처로 스승님이 나타나고 공간 이동을 통해 암자가 있는 곳으로 사라지는 것과 동시에 마도 방어 시스템 안쪽으로 들어갈 수 있었다.

콰―콰쾅!!

우르르르릉!

안으로 들어가자마자 외벽에서 폭발이 일어나며 결계가 흔들렸다.

― 마스터, 에너지 스톤의 반이 깨져 나갔습니다.

― 계속 보충해.

"성찬아, 나는 현화 씨에게 가볼 테니, 너는 스승님을 살펴봐라."

"알았어."

스페이스가 에너지 스톤을 보충하고 있어 당분간은 버틸 수 있기에 곧바로 암자 안으로 들어갔다.

안색이 파리하게 변한 스승님이 근호 형에게 안겨 숨을 몰아
내 쉬고 있었다.

"스승님!"

"소리 지르지 마라. 나 안 죽었다."

"스, 스승님."

"헉, 헉! 성찬아, 내가 결계를 유지할 수 있는 시간은 고작 한
시간 정도뿐이다. 그러니 그 안에 결판을 내야 한다."

"알겠습니다, 스승님."

"서, 성찬아."

자신들로 인해 뭔가 잘못되었다는 것을 느낀 것인지 근호 형
의 목소리가 떨렸다.

"근호 형, 이야기할 시간이 없으니까 내가 없을 동안 스승님
을 좀 보살펴 줘. 그리고 여기서 절대 나오지 마."

"아, 알았다."

"성찬아, 그러지 마라. 이것도 다 인연이니 말이다. 떠나기
전에 제자들을 더 들일 수 있어서 나는 좋구나. 너와 성진이에
게 좋은 동반자가 될 테니 말이다."

"스, 스승님."

근호 형과 사인방에게 화가 치밀었지만, 스승님 말씀에 그럴
수가 없었다.

스승님이 무리하게 수명을 깎아가면서 사람을 구하려 한 이

유를 알았기 때문이다.

"하지만 그것도 지금 온 자를 막지 못하면 물거품이 되니 어서 나가 보아라."

"알겠습니다, 스승님."

스승님 말씀대로라면 이것은 운명이다.

근호 형과 사인방이 사제 지연으로 엮인 것이니 말이다.

'용서하지 않는다.'

김상겸이라는 자가 센터 일에 관여한 것일 수도 있기에 화가 났다.

놈은 대륙천안의 자들처럼 다른 대차원의 게이트를 열어 에너지를 얻음으로써 다른 존재로 진화하고자 하는 것이 틀림없으니 말이다.

곧바로 암자를 나선 후 마도 방어 시스템을 움직이고 있는 현화가 있는 곳으로 갔다.

콰―콰콰콰쾅!

가는 동안에도 결계를 두드리는 폭발 소리가 연이어 터져 나왔다.

마도학으로 만들어진 앱솔루트 배리어가 유리창처럼 깨져 나갈 정도로 놈이 뿌리는 힘은 엄청났다.

암석을 파고 만들어진 석실로 들어가자 부지런히 제어 시스템을 작동시키는 현화와 형이 보였다.

"성찬아, 정말 굉장한 자야. 대륙천안에서도 이 정도의 힘을 가진 자는 보지 못했는데 말이야. 마도 방어 시스템을 본격적으로 가동하려면 아직 시간이 필요하니 어떻게든 결계가 부서지는 것만 막아줘."

마도 방어 시스템은 차원 전쟁을 대비하기 위해 만들어진 것이라서 그런지 미리 연락을 했음에도 운용에 시간이 걸리는 모양이다.

"알았어. 형은 현화를 도와줘. 어떻게든 막아볼 테니까 말이야."

시간과의 싸움이었기에 쫓아오려는 형에게 부탁을 하고 빠르게 석실을 나섰다.

'결계가 무너지면 스승님도 위험하고, 마도 방어 시스템을 가동시키지 못한다. 놈의 주의를 끌려면 밖으로 나가서 상대를 해야 한다.'

결계와 산맥을 따라 흐르는 마도 방어 시스템의 에너지를 느낀 것인지 놈도 전력을 다하는 중이다.

중국에서 탈취한 에너지 스톤의 반 이상이 들어간 시스템이니 그럴 만도 할 것이다.

이미 외곽은 마도 방어 시스템이 가동 중이라 빠져나갈 수 없는 상태라 완전히 가동되기 전에 중앙 제어 시스템을 파괴하는 것이 자신이 살길이라는 것을 본능적으로 느끼고 있는 것일 터였다.

— 어떻게든 막는다. 스페이스, 부탁해.

— 예, 마스터.

통합된 의식을 바탕으로 스페이스와 연동을 해야 실시간으로 놈을 상대할 수 있기에 지시를 한 후 곧바로 결계를 벗어났다.

놈도 위험을 느낀 듯 다른 대차원의 에너지로 공간을 장악하려 애를 쓰고 있기에 하늘은 검은 먹구름으로 보이는 것들로 뒤덮여 무척이나 어두웠다.

그리고 놈의 모습도 변해 있었다.

인간의 모습을 보이지 않고 관자놀이와 미간에서 돋아난 검은 뿔과 붉은 광채를 흘리는 두 눈은 신화에서 나오는 악마와 같은 모습이었다.

결계를 때려 부수려 양손으로 핏빛 번개를 연이어 쏘아대던 놈의 시선이 나에게로 향했다.

— 네놈이구나.

"네놈이냐?"

— 무슨 소라냐?

"다른 대차원의 게이트를 여는 원흉이 너냐는 말이다."

— 이미 알고 있는 것이 아니더냐?

"널 없애기 전에 확실히 해야 할 것 같아서 말이야."

— 쥐새끼처럼 훔쳐보다가 도망을 온 주제에 건방진 놈이

구나.

"건방진 놈이라⋯⋯."

― 시간을 끌려 하는 것 같다만 어림없는 짓이다.

번쩍!

놈의 양손에 핏빛 번개가 날아왔다.

콰콰콰쾅!!

최대한 주의를 기울이고 있어 피할 수 있었지만 여파가 만만 치 않다.

지면을 때리는 충격파에 휩쓸린 것뿐인데 배리어를 작동시키 느라 전투 슈트의 마나 엔진에 과부하가 걸렸으니 말이다.

'놈이 펼친 역장 때문에 가까이 다가갈 수 없으니 원거리 공 격뿐인데⋯⋯.'

놈이 뿌린 에너지가 공간을 장악하고 있다.

충격파를 피하지 못한 것도 놈의 역장 때문이다.

역장으로 인해 마치 물속에 빠져 있는 것처럼 놈에게로 이동 하는 것이 만만치 않아서다.

'방법은 천령뿐인가?'

통용이 될지는 모르겠지만 놈을 상대할 수 있는 방법은 현재 한 가지뿐이다.

천령을 활용해 비검을 날리는 것이 놈을 공격할 수 있는 유일 한 방법이라 에너지를 주입했다.

쩡!

'뭐지?'

천령만 소환했는데 천경까지 나타났고, 비검들은 이미 주변을 돌고 있는 중이다.

내 의지와는 다른 형태에 놀랄 사이도 없이 놈이 다시 핏빛 번개를 날리고 있기에 몸을 피해야 했다.

파—지지직!

지이이이이잉!

게이트에서 발산되는 에너지를 되돌린 것처럼은 안 되는 모양인지 천경은 놈이 날린 공격을 막아내며 그 여파를 해소하기 위해 연신 울어 댄다.

"크억!"

천령과 천경, 그리고 비검은 내 영혼과 연결이 된 것이라 그 충격이 고스란히 미치고 있었기에 내상을 입을 수밖에 없었다.

"퉤!"

내상을 입은 탓에 목구멍을 타고 오르는 울혈을 내뱉으며 일단 움직였다.

콰콰쾅!!

연이어 핏빛 번개가 떨어졌고, 천경은 계속해서 막아냈지만, 내상은 점점 깊어져만 갔다.

'눈에 보이지만 잡히지를 않는다.'

허공에 뜬 채 연신 번개를 쏴대는 놈의 모습이 보이기는 하지만 존재감이 전혀 느껴지지 않는다.

허상인지, 진체인지 분간을 할 수 없어 도저히 비검을 날릴 수가 없었다.

'크으, 비검에 에너지를 축적하면서 놈의 실체가 어디 있는지 찾아야 한다.'

이대로라면 마도 방어 시스템이 작동하기 전에 놈에게 당하고 말기에 실체를 찾기 위해 심연의 심안을 전력으로 운용했다.

아르고스의 눈과 시연의 심안을 융합시켜 놈을 찾았지만 느껴지지가 않는다.

'분명히 에너지는 놈의 허상이 있는 곳에서 발산이 되고 있었다. 그런데도 존재감이 전혀 느껴지지 않는 것을 보면 실체가 아닐 수도 있는데…….'

계속 충격을 받고 있어 놈에게 먹일 수 있는 것은 단 한 방뿐인데 실체를 찾기 어렵다는 것이다.

'공격을 할 때만 실체가 나타나는 것이 분명하다.'

마도 방어 시스템은 인지하기가 상당히 어려운 것임에도 이렇게 공격을 하는 것을 보니 까다로운 상대다.

강대한 힘을 지니고 있음에도 자신을 감추고 있는 것을 보면 놈도 위험을 느끼고 있는 것이 분명하니 말이다.

'정확히 실체를 맞추지 못하면 놈에게 한 방 먹인다고 해도

타격을 줄 수 있다는 보장이 없다. 마도 방어 시스템이 완전히 가동되기 전까지 버텨야 하는데…….'

통합 인식 시스템을 풀로 가동하고 심연의 심안으로 놈의 실체를 파악하려 해봐도 되지를 않는다.

— 스페이스, 방법이 없겠어?

— 게이트에서 발산되는 에너지와 같은 종류지만 패턴이 다릅니다. 아마도 저 존재가 만들어낸 패턴으로 보이는데 분석하기가 어렵습니다.

전능이라고 생각했는데 스페이스도 알 수 없는 것이 있나 보다.

— 일단 마도 방어 시스템의 흐름이 제대로 이어지도록 해줘. 어떻게든지 버텨볼 테니 말이야.

— 죄송합니다, 마스터.

방법도 없는데 김상겸이라는 존재의 실체를 파악하는 데 스페이스를 계속 쓸 수는 없다.

내가 버티는 동안 현화를 도와 마도 방어 시스템을 완성하는 데 주력하는 것이 나을 것이다.

지금부터 놈이 결계에 신경을 쓰지 못하도록 주의를 계속 끌어야 한다.

천경의 주변에 포진한 비검에 마법을 부여했다.

화르르르!

붉은색의 화염이 비검에서 솟아오르고 이내 푸른색의 불꽃으로 바뀐다.

초열의 마법이다.

비검이 어느 정도까지 견딜지는 모르지만 온도를 최고까지 끌어 올릴 생각이다.

파츠츠츠츠!

타오르는 불꽃이 백색이 광채를 보이고 얼마 있지 않아 플라즈마를 생성한다.

놈의 신경이 비검에 집중되는 것이 느껴진다.

핵융합이 시작되는 1억 도까지는 아니지만 거의 근접한 온도로 올라가는 것이 신경을 자극한 모양이다.

플라즈마를 발생시키며 천경의 주변에 떠 있는 비검은 모두 열여덟 자루다.

최소한 열여덟 번의 공격을 할 수 있기에 놈의 실체를 확인하지 못한다고 해도 상관은 없다.

내 목적은 시간을 끄는 것이니 말이다.

번쩍!

콰르르르릉!

놈이 쏴대는 붉은 번개의 수가 갑자기 늘기 시작했다.

신형을 움직이며 피하는 것은 불가능한 상황이라 천경으로 직격되는 것을 막아내며 충격파는 그냥 버텼다.

통합된 단전과 마나 엔진이 달아오를 정도로 큰 충격을 받고 있지만, 그나마 차원 메탈로 만들어진 전투 슈트가 버텨주니 그나마 다행이다.

푸—슝!

초열의 마법이 걸려 플라즈마를 뿌려대는 비검을 날렸다.

마나석을 계속 교체해서 에너지를 부여한 탓인지 마나 엔진이 더 달아오른다.

'크으.'

과부하가 걸린 마나 엔진이 삼단전과 같은 위치에 있어 고통이 장난이 아니다.

단순히 비검을 날린 것이 아니다.

통합된 의지로 비검을 조정해야 한다.

강대한 에너지를 담고 있어 제어가 어렵지만 어떻게든지 해내야 한다.

푸—슈슈슈슝!

실체가 있는 곳을 꿰뚫었지만 놈의 존재감에는 변함이 없기에 다시 다섯 자루의 비검을 날렸다.

모두 여섯 자루의 비검을 인식하고 조정하는 것만으로도 머리가 빠개질 듯 아파온다.

먼저 날린 비검이 역으로 돌아 천원을 점하며 놈의 실체를 쫓고, 이번에 날린 비검이 오방을 점하며 놈의 실체를 찾아 날았다.

플라즈마로 뒤덮인 비검들이 검푸른 하늘 위를 날며 놈의 실체를 찾기 시작했다.

계속해서 내려치는 붉은 번개를 천경이 막고 있지만, 비검은 한번도 놈의 실체를 타격하지 못하고 허공만 가로지를 뿐이다.

주르르륵!

삼환제령인을 최대한 끌어 올려서 놈을 쫓는 탓에 통합된 의식에 과부하가 걸렸는지 코피가 흐른다.

시야가 흐려지며 아무것도 보이지 않는다.

붉은 섬광을 내뿜으며 주변을 환하게 밝히는 번개도 보이지 않는다.

콰드드득!

'크으, 젠장할!!'

육합을 틀어막는 비검의 공세가 놈에게 하나도 먹히지 않고 있는데, 한계에 다다른 것인지 천경이 붉게 달아오르며 비틀리기 시작했다.

〈『차원통제사』 제5권에서 계속〉